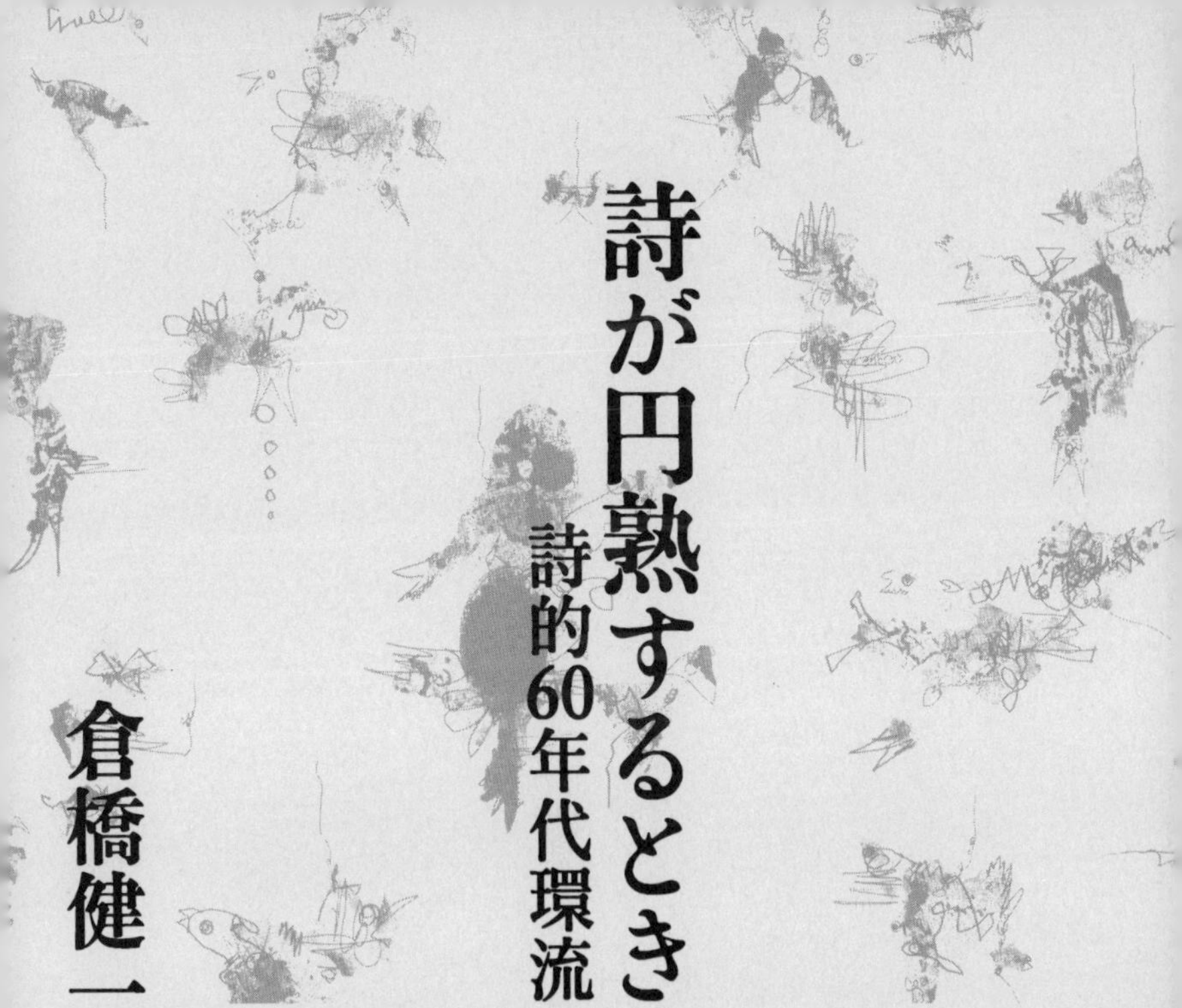

詩が円熟するとき

詩的60年代環流

倉橋健一

思潮社

詩が円熟するとき——詩的60年代環流

倉橋健一評論集

思潮社

目次

II 「犯罪」から「白鯨」へ

装画＝新井九紀子
装幀＝思潮社装幀室

詩が円熟するとき

詩が円熟するとき――はじめに

二〇〇九年は「現代詩手帖」の創刊五十周年の年にあたった。そのための祝祭のテーマは「これからの詩どうなる」であった。五十周年記念号となったこの年の六月号には、復刻現代詩手帖として一九六八年七月号の全集『現代詩大系』完結記念として催されたイベントの模様が収録されている。この時のテーマは「詩に何ができるか」であり、この問題提起型・現在進行形型のテーマ設定にくらべると、今回のテーマはどこか後ろ足を引いているようにも見える。というのも私自身、詩を離れてはどうもつぶしのききにくいせまいタイプのせいもあろうが、六八年のときには一〇〇〇人余りの人があつまり入りきれない人もいたとあっては、ああなるほどなと体験的にも身につまされる思いにも駆られるからである。

そう思って、五十周年のイベントを収録した八月号をみていても、たとえば「詩の現在をめぐって」というもっとも多彩な顔ぶれによるシンポジウムでも、「詩の孤立を絶対的に擁護する」

「まさに岐路に立っている」などの小見出しが先に立って、なんとはなくそこに共通の認識があつまっていることをうかがわせる。となると、そこでは後退戦だけが語られているように、すくなくとも観客席の側からは見えよう。読んでいてそのひとつひとつの発言は私には十分に刺激的だったが、シンポジウム自体としては内的に葛藤をはらんだディスカッションになることもなく、なんとなく手際のいい黄色い旗をもった司会者の手で交通整理されて、ぐるりぐるり二順であっけなく幕を閉じているというかたちになってしまった。「敵対すべきははっきり敵対し、議論すべきは議論する、解体すべきものは解体する、破壊すべきものは破壊する、という意志を持った詩人が一人でもいれば、現代詩は信頼に足る文学の形式を失わないと思います」という稲川方人の発言を、強度の苛立ちをこめた未発の挑発とみたのは私ひとりだろうか。そのかぎりでは、なるほど詩は衰弱しているといわれるのはけっして他人ごとではなく、実相そのものであるといわざるをえない。といったからといって、私自身局外にいるというのではない。この記録にしても（この場に居合わせなかっただけに）読みこみながら感受しながら、ただそこにシンポジウム本来の機能が充たされないことにも、私もまた苛立っている。シンポジウムとはもともと、パネラーも聴衆も一体化するところから生み出される討論の一形式ではないだろうか。

　こうなると、やはり思われてくるのは吉本隆明が講演でいった、「詩に関心があるひとびとが、すぐれた詩人たちのあとを追っかけて書き続けてゆく以外に、これからの詩の未来が開けてくるということはありえないというふうに思って」いるといった平凡なひと言である。私のばあい、この「すぐれた詩人たちのあと」のところを「すぐれた詩の時間のあとを」とすこし拡大してもらえば、いっそうすっきり納得がいく。

それにしてもなるほど今日にくらべれば、詩が燃え盛った時間は戦後詩をふくめて相当長くあったんだと、あらためて思わざるをえない。燃え盛るという言葉に違和があるなら、したしまれた時代といいかえてもよい。誤解を怖れずに言葉を継ぐなら、一九六〇年の反安保闘争の騒擾も六〇年代末の大学闘争も、どこかで詩が火付け人であったような、つまりまぎれもなく時代の知的感性を惹きつけた、挑発者の役割を詩が引き受けていたような気がする。詩を受け入れる情況が外部にあったからではなく、詩がみずから仕掛けて切り開いたものとして情況があったということだ。

ゆえにそこには詩を読む、つまりはほんとうの読者がいた（この読者のなかから未知の作者を想定することによって、すぐれた詩人たちのあとを追っかけて書き続けるという論理も成り立つと私は思う）。そこから現在に向かってこうはいえるだろう。現在ではこの読者たちは、大半がいずことなく放散ないしは蒸発してしまった。

ここで吉本隆明の発言をさらにつけくわえてもよい。少年時代を回想して彼はいっている。

「それはひとに見せるとかそういうことではなくて、自分に向かって書いているという言い方がいいと思います。自分に向かって、自分自身に納得させるために書いた、それがぼくの詩の書き始めでした」

なにもここでこれを吉本隆明固有の経験としなければ、これですべてはこと足りるのである。いうまでもなく六〇年代七〇年代にあって、詩を書くことを共通の課題とした私たちの周辺にあっては、誰もがこういう態度で詩を書いていたのである（作品行為の原点としては現在もむろんそうだろう、そうあるべきだろう）。あとはたがいの資質的な温度差、認識のちがいなど位置感覚にずれがあるだけであった。そこへつぎのようなことがつけくわえられる。書くを読むに置き換えれば、そのような読み手こそがたしかに存在したのだと。

そのうえでここでは現代詩という用語法にも着目してみたい。今日ほど現代詩という言葉が曖昧につかわれているときもないとも思われるからである。私は戦後から八〇年代初頭にいたる全期間に相渉った現代詩というのも、ほんとうは短歌や俳句の定型律を視座において、口語自由詩といったほうが、より適切ではないかという気がする。そのうえで現代短歌や現代俳句との接点を了解する過程で現代詩という言葉があたえられるべきではないだろうか。

知られるとおり口語自由詩は大正期のはじめ頃、文語と定型律というそれまでの詩的規範を対立軸として、詩における自然主義として実現した。その後萩原朔太郎によるこの口語自由詩による抒情詩の峰をえて、昭和に入ってからのモダニズムがさらにその徹底へとすすみ、「四季」や「日本浪曼派」による伝統的なものへの回帰や折衷をふくみこみながらも、口語であることを自由な詩型であることだけで、詩の本線として戦後詩以降を巻きこんできたといってよいと思う。

その点ではたとえば私は石原吉郎がその俳句論でのべた、「俳句は結局は「かたわな」舌たらずの詩である」（「定型についての覚書」）というかんがえ方に共鳴するが、それは私が石原吉郎を俳人であるより前に、口語自由律で詩を書く詩人であると認知しているからである。さらにここではそのかたわとはひとつの切口のみと説明され、にもかかわらずそこに完全性にたいする止みがたい希求と情熱をもつがゆえに、そうならざるをえない形式だともいったが、つまりそこには口語自由律の詩人石原吉郎がいたのである。そして、そこにこの不完全な形式であることによって招き寄せられたのは、ゆえに読み手の想像力による読みの自由という介入の仕方であり、そこを知ったとき私は身震いした。詩についてもそうあるべきだと思った。私の好みの言葉でいえば誤読を是とせよということになる。

　見方をかえれば時代相というものは、よかれあしかれ刻々と変化するものだから、そこにいる人の知の関与が深ければふかいほど、時代の側からの関与も避けられまい。大学闘争の時代、彼らもまた鮎川信夫、田村隆一、谷川雁、黒田喜夫の詩を読んだが、だからといって戦後的に舞いもどって読んだということではなかったろう。自分が生きている現実のなかで、その現実とこそ相渉りながら、彼らは彼らの流儀で読んだにちがいない。中原中也の「夏」や「冬の長門峡」などの作品が戦争期の暗い時代、好むと好まざるとにかかわりなくたえざる死に誘われていた青年たちにとって、そのままみずからの感受性に打ち返す最後の響きとなったように、読み手のなかで作者の意図をこえて、作品そのものが二ど生まれの子となりえた。このように詩もまた口語自由律であることによって、読み手の生の根柢を揺るがし、みずからの内面化への旅立ちに自在に手を貸してきたのだという気がしてならない。

その点で、くり返して先のシンポジウムの発言をなぞるなら、北川透は「詩は目に見える隣人たちに届くような言葉ではない。そういう言葉ではなくて、もっと遠い目に見えない、あるいは空間的なだけじゃなくて時間的にも目に見えないところに届く言葉かも知れない」と語るとき、もう長いあいだ何と同じことをくり返して語ってきたろうと思っているにちがいないと思う。そして目に見えないところに届くというとき、そこには幻視された読み手の存在があって、読み手の自由の内で自在に言葉を届かせたはずである。

その意味で口語自由律としての現代詩というとき、対立するはずの短歌や俳句の定型にくらべて、この何でもありの詩型は、読み手の自発性を誘い出す条件（個と全体を繋ぐ関係態といったほうがよいかもしれない）としてもニーズに合ったはずであった。というのも、このたび六〇年代七〇年代を振り返って、詩が読まれたことを保証する裏づけのひとつとして、短歌や俳句の定型世界が、今日私などの目に猖獗と見えるほどには、まだ回復されていなかったことにも気づかされたからである。

小野十三郎が戦中の時代『詩論』をとおして展開した短歌的抒情の否定をめぐる問題提起、さらには臼井吉見の「短歌への訣別」、桑原武夫の「短歌の運命」などの短歌否定論。その桑原武夫が戦後の早い時期に展開した俳句第二芸術論などの影響からは、七〇年代の早い時期ではまだ完全に払拭されていなかったともいえるかも知れない。同時に定型に与した若い世代の人びとは、定型社会に深く根ざした結社制・宗匠制という古いしがらみを払うほうにつよい関心を示していた。そのかぎりでは後発の詩の世界のほうが、はるかに眩しくも感じられたのである。一九七六年一月に創刊された「現代俳句」にそのとき坪内稔典が書きとめた後記の書き出し「『現代俳句』は、とりあえず一つの場に作品を持ち寄ってみよう、そうすると、俳句の場がいくらかでも面白くなる契機がつかめるかもしれない、という漠とした発想から、その刊行へ向かって動きはじめた」は、じつにナイーブに、この間の若い俳人たちに共有した結社制などにたいする反撥する空気を表現している。さらに二号の後記では「俳壇の新人には、あやまってもなってはいけない。今日、俳句形式に敢て関わる意味は、俳壇のいう場においては生じないだろう」と、結社制を登りつめたあとの俳壇のもつ権威にたいする嫌悪をあらわにしている。このように詩が溌溂としていると見られていた時代、定型にあって新しい世代は、近代をとおして長く引き継がれた結社制・宗匠型の俳壇そのもののピラミッド型のシステムに、ようやくクレームをつけはじめた段階にあった。ゆえに彼らの目にこそは、口語自由律の詩が文字どおり自由の砦に美しくも冠たるものにも見えたのである。こうなると詩が元気に見えたのは、定型の世界が戦争吟の問題をふくめて戦後処理に手間取っているあいだの隙間をついていたというだけにもなる。そして短歌や俳句が、とりわけ俳句が五七五の短詩型の輝きを、石原吉郎のいうような独目なはたらきのなかで回復し、国民的言語表現の一翼を担うものとして大きくその人口を拡大するにつれ、まったくそれに反比例するように、詩はその内部からも衰弱していったのだった。

となると、現代詩における定型をめぐる詩意識があらためて問われねばならなくなる。なぜ口語自由律の詩を書くのか、なぜ口語自由律の詩を書きはじめたのかと。詩人たちはいちどは胸の裡に向けて、定型を自分が選ばなかったのはなぜかということを媒介として問いかけてみるのがよいだろうと思う。九〇年代に入って、昨日までは俳句のことなど何もいわなかった詩人たちの層が、なだれるようにわれもわれもと手なぐさみのように俳句をつくりはじめ、自分の詩に織りまぜたり、はずかしげに句集までもつにいたっては、その無節操ぶりに茫然としたものだった。といって、すべての詩人にそういっているのではむろんない。たえず日の射すところに群れたがるわれらの悲しい習癖についていっているのである。

今いちど口語自由律としての詩の出立時期にもどって、啄木や土岐哀果を契機として、あるいは朔太郎、賢治、中也らが一様に啄木短歌の模倣をとおして、歌から口語表現のスタートを切ったことに思いを馳せてよいかも知れない。短歌の世界が早い時期に尾上紫舟や釋迢空による内部から発した短歌命数論をもったこと、大正期に発展したこれまた自然主義の影響を受けた俳句の新傾向運動とよばれた自由律俳句がついには短律時代を現出させ、俳句形式そのものの解体すれすれまでいったことなどを、私たちは詩がついに持ちえなかったこととして思ってみるのもよいのではないか。

こんなことをつね日頃からかんがえているあいだに、私自身は立原道造が歌からはじめて、のちみずからの詩形式としたソネットに和歌からの本歌取りを真剣にこころみていたこと、吉岡実が永田耕衣の句集『吹毛集』を読んで以来、耕衣の世界に傾倒し、それが『僧侶』の語法などに直結させたこと（吉岡実のばあいは耕衣をとおして西脇順三郎を追体験するという迂回の方法だったといっていいと思う）、また石原吉郎のケースの他、多くの定評ある詩人たちの作品行為に、定型の言語が構造的に滲透している例を枚挙のいとまのないほど知った。また小野十三郎が短歌的抒情の否定論者として、戦中から続いて戦後の荒野に立ったとき、多くの寄稿発言を求めたのは「八雲」らの短歌雑誌であって、現代詩への提言であったにもかかわらず詩の雑誌でなかったことも注目しておいてもよい。

そして、短歌や俳句がいきおいを取りもどすにつれ、隙間にあった詩はたちまち足元を掬われる結果となったのである。この一点でいうならば、今日の詩の衰弱は、定型を拒んで口語自由律を選んだという、詩人の側の定型感覚の欠如といっておいてよさそうである。口語自由詩を書くということは、同時に定型の日本語律では書けないこと書きたくないことを書いているということの自覚でなければなるまい。その自覚が空恐ろしいほど稀薄であると一員として私は思う。

坪内稔典や宇多喜代子と話していると、「どうして現代詩人というのはこう長々と書くのが好きなのかねえ」と、今でもしばしばいわれる。今日の詩が明治以降短歌や俳句を対岸に見据えながら育ってきた新興のジャンルであり、新体詩以後は新体詩がもった形式リズムも壊しながら、壊すことで口語自由律を起点にして、そこにヨーロッパからのさまざまな方法を抽入しつつ、結局はなんでもありの風土をつくりあげてきたことはすでにのべた。その意味では散文や小説に近いところにいった（極端ないい方をすれば短篇小説と散文詩とのあいだではその境界すらなくしてしまった）。当然そこには、石原吉郎が俳句にたいしていった断念とはひと味ちがうところでの詩の責任が出てくる。自由であるからどんどん書いていく。そこに読み手にとって読みづらいとか、いろんな問題はむろんのこと起きてくる。そのなかで自由に書く書き手は今日も胸を張っていう。「わからなくったっていいんだ、わかるっていったいどういうことなの」私もそこを独善だとは思わない。ただいいとも思わない。なんでもあることによって、ただ舌足らずに終わることのできない宿命を負ったジャンルだといっておきたいのである。長々と書きたがるのではない。残念ながら断念で閉じることのできないフォームが現代詩のフォームなのだ。

今日、新しい世代の詩人たちの全般的な流れは饒舌になりつつあるといっていいと思う。言葉をかえるなら際限ない饒舌もまた、口語自由律として現代詩のもっているフォームとしての宿命のひとつといっていいと思う。

と、こんなことをくどくど書いているのは、今度自分なりの六〇年代七〇年代を振り返って、それが口語自由詩としての現代詩をどう自覚するかということの、経験するためのいとなみであったことに、あらためて気づかされたからである。と同時にこの数年来、日本の近・現代詩を振り返るとある講座をあたえられて、それなりに読み込む作業に傾注してきた。と、大正期、伊藤整などが北海道の小樽から眺めた当時の詩の世界のようすは、そこが初々しい青春の視点で見られているだけに、今日とくらべても、意外なほどフレッシュで魅惑的である。当時は当然のことながら詩のジャーナリズムなんてものはまだなく、かろうじて詩壇を形成していたと目される詩人の組織であった「詩話会」が新潮社から発行していた「日本詩人」が代表的な雑誌だったが、それがなくなったあとは主だった詩人たちが出す賑やかだが粗末な雑誌が、小樽の本屋の店頭にも毎日並んでおり、詩の雑誌の氾濫していた時代であったという。

「私は「日本詩人」を毎月買つたほか、特に「近代風景」や「詩聖」や「太平洋詩人」や「詩壇消息」などを時々買ひ、詩壇といふもののあり方をかなりよく知つてゐた。たとへば「日本詩人」はちやんとした稿料を出してゐる雑誌であるが、「太平洋詩人」は渡辺渡か誰かが印刷屋を営んでゐて、そこへ若い詩人たちが集まり、皆でこの貧弱で賑やかな雑誌を出してゐるらしいことは、その雑誌のゴシップ欄などを読むと分つた。また「抒情詩」といふ雑誌が十年あまりも続いてゐるのも、その編輯者の内藤鋠策が「抒情詩社」といふ印刷所を経営してゐるからであることも知つてゐた。田中清一といふのは広島の地主か何かの金持ちであり、彼の編輯する「詩神」はその金の力で出されてゐることも、「詩壇消息」のゴシップ欄の記事で知つた。だから詩の雑誌が盛んに発行されてゐるのも、それ等の雑誌が採算が取れるからではなく、詩を書いて発表したい青年がいま無数に現れて来てゐるので、印刷の便宜のあるところ、金力のある所に、それ等青年たちの爆発するやうな発表慾が集中して渦巻いてゐるのだつた。その有様が、北海道の小樽の郊外の中学校の宿直室にゐる私の胸の中に、すさまじいものとして描き出された」

今の私たちの取り巻かれている情況から見ると、どこか小馬鹿にされているようなあっけらかんとした、お伽噺でも聞いているような気分になるかも知れない。だが私はここは黙読がようやく成熟した時代の、社会現象のひとつとしても興味深くとらえておきたい。詩を書いて発表したい青年が無数にあらわれているとは、そのように駆り立てる詩がたくさん書かれていたということであり、それを読んだ青年たちに自分でも書きたいと思わせるほどに、詩そのものが一面では雑駁な魅力をも持っていたということであろう。そこからさらに小説へ批評へと言語表現が多様さを増していったことは、視点をかえて、小林秀雄、富永太郎、中原中也たちの周辺に目を移せばいっそう幅は広がる。そういえば一昨年の秋、神戸でやった現代詩セミナーのシンポジウムの席上で、会場からの発言に応えて佐々木幹郎が、「中也の時代にはまだ詩の読者なんてものはほんとうはいなかった。だからみんなが読者をつくろうとけんめいに努力していた時代でもあったんです」と語っていたのを思い出した。伊藤整の証言を詩を書こうとする青年からの印象とすれば、中也たちの努力は作品を提供する側の発言になり、幅が広がるとはそのことを指す。ここでは古い時代にこれ以上言及する猶予はないが、詩が文字どおり凄味をもった、いくつかの時代の節目についてはもっと記憶しておいていいと思う。

その点で戦後から六〇年代七〇年代にいたる過程は、折々のきめこまかな時代相にまみえながら、詩そのものが一種の凄味をもっていた。六〇年反安保騒擾や大学闘争の契機をつくったのも詩ではなかったかとのべたゆえんであるが、ということはまた、この小さい口語自由律の詩型をとおして、世界に生身に向き合おうと妄想に駆られた人びとが、詩を書く側にも詩を読む側にもたくさんいたということだった。

今すこし余談めいたことも書きつけておこう。これもごく最近必要あって、高橋和巳のデビュー作となった『悲の器』を読み返していて思い起こしたことだ。「文芸」一九七一年七月の「高橋和巳追悼特集号」のなかで、彼は世に出るきっかけをつくった長篇小説を対象にした「文芸賞」の設立をめぐって、編集者だった坂本一亀は、新人発掘のことが大きなテーマになったときに、新人賞のみに依存してはいけないと、東京、地方を問わず編集者みずからが出向いて、それらの人びとと膝つき合わせて語り合うべきだと思ったと書いて、そのために東京で第一回の会合を開いたあと、富士正晴に電話をして関西の有力メンバーとの会合を望んだという。その結果六一年六月京都で多田道太郎や山田稔や高橋に会い、翌日は大阪北摂の富士宅に向かった。この間に『悲の器』がすでに執筆中であることを聞いたという。結果的には応募要項にあった八百枚をはるかに越え九百五十枚にもなったが、結局これが河出書房の第一回「文芸賞」受賞となった。

この時期は六〇年反安保闘争敗北直後で、私自身としては、関西の代表的な戦後詩誌であった「山河」の終刊時期とかさなり、この挿話に登場するメンバーのなかには面識者も多く、追悼特集号を待つまでもなく、ぽつりぽつり聞かされていたことではあった。だが、この紛々たる文学臭がはらむ熱こそが、今失われてしまった価値のひとつなのではあるまいか。

同じような意味で、小田久郎の『戦後詩壇私史』や平林敏彦の『戦中戦後 詩的時代の証言』など読んでいて、森谷均、伊達得夫、小田久郎ら、戦後、市販雑誌を本格的に手がけた人たちが、谷川俊太郎、大岡信、飯島耕一、吉本隆明ら、当時まだようやく緒についたばかりと思われた詩人たちとほとんど横一列にいっしょに並んで、ヨーイドンといわんばかりのスタートを切っていたことも、私にはいかにも好ましく思われた。私が関西でとびまわっていた六〇年代は、「詩学」「現代詩」「ユリイカ」「現代詩手帖」「詩と批評」などが旭屋書店や紀伊國屋書店にはずっと並んでいた。店頭でよく立ち読みしたことを思い出しながら、こんなことは当事者が直接語ってくれなければちっともわからなかったなと思った。そうかその風景がはじめて、ジャンルとしての現代詩にジャーナリズムが登場した頃のことだったんだと回想することは、それなりに楽しい。先の高橋和巳の挿話と少々矛盾するようだが、その重厚な熱に感嘆しながらも、私は私なりに谷川雁や吉本隆明の詩にしょっちゅうアジられている気分に浸りながら、自分が詩を書こうとしていることに納得していた。同時にその詩が自由詩であることによって、小説にも気後れしない世界を内包できるジャンルだと思っていた。「イメージからさきに変れ！　これが原点の力学である」という谷川雁の発言なども、私は詩がもつあらゆる可能性という一点からのみかんがえた。その可能性をもつことが口語自由詩の条件だった。

思えば私の六〇年代七〇年代は、文字文化がテレビなどの出現で背後から脅かされているようにみえながらも、まだまだ元気な時代だった。そして私自身は少年期以来ずっと大阪という一地方に住んでいた。東京に行きたいとはすこしも思っていなかった。それだけに「犯罪」「白鯨」の体験は、私にとっては逆に私のいる地方を撃つという関係にもなり、私のなかのローカル意識

（そこに居直る意識）をしたたかにうちのめすものともなった。

この点、今回ここにまとめられることになった一冊は、私にとっての詩的六〇年代検証をとおして七〇年代の「白鯨」発行へせりあげていくのが目的だったが、金時鐘《キムシジョン》を軸とした在日朝鮮人文学との関わりなどに筆がおよぶと、あらためて関西（という一地方）にいたこともまた、世界史的な構造のどこかにきわめて密やかに低処《ひくみ》をとおしてであるが、晒されていたのだということに気づかされる。その意味で最近の「手帖時評」のなかで藤井貞和が「犯罪」や「白鯨」のことにも言及し、私の語りたりぬところを補完しながら、「金時鐘についていては当時、まだよく知られず、われわれにとり、こんにちにおけるかけがえのない存在になってゆくのは倉橋さんの努力によります」と書いてくれたのはうれしかった。その金時鐘こそは今私たちのなかにあって、読み手のいない時代に圧倒的な読者をもつ稀な詩人である。おまけにこの人ほど一貫して融通の効かない人もめずらしい。ありとあらゆるところでサービス（妥協）を排したところで今日もなお孤立した思想詩人として（ということは在日コリアン詩人という概念でもくくれないということ）、その独特な朝鮮語のなかの日本語という詩法をもって立っているのである。その「白鯨」も、発行までせりあげるといいながら、雑誌自体としてはたった六冊であっけなく閉じたかたちとなってしまった。しかしこの六冊へと移向する段階で藤井貞和がみずからの折口学の検証に入っていたこと、佐々木幹郎が蕪村詩のありかへと手を染めはじめていたことひとつをとっても、日本語としての現代詩はどうあるべきかという、口語自由詩型であることにたいする根柢的な問いかけがあったことは了解できる。それは明治の末から大正期をへて昭和のはじめにかけて、口語自由律としての詩はいかにそれを実現するかという問いのうちにあったために、たえず自覚的であったのにたいし、昭和十年代以降はその確立とともに逆に自覚は欠如となってきたからで、さらに欠如をもたらしたことのひとつに戦後詩からのスタート（戦後詩をルーツとすること、私も例外ではない）という、戦後以降に詩を書きはじめた人びとに共通する、なかばそれをあたりまえとする風潮があった。この点では先年北川透との論争になった野村喜和夫と城戸朱理による『討議戦後詩』の、吉岡実の詩を自分たちの世代の詩のラインの先端におく発想も、彼らにとって前世代の詩人たちの作品は戦後詩に発するという認識からはじまっている（それがまちがっているということではない）。「白鯨」以後ひとりにもどるなかで、私はこの戦後詩をめぐる葛藤から、戦後詩というテクストはそれでよかったのかという疑問を持ちはじめた。このかんがえは今では、戦前・戦中・戦後という類の、歴史時間に節目を設けて作品行為を見ることへの疑念ともなって広がっている。逆に連続してとらえたいという発想で、その点だけで一例をあげるなら、鮎川信夫は戦後詩人というより、戦前のモダニズム誌「新領土」の詩人として、戦後本格的に詩を書いたという発想である。その予兆こそは「白鯨」はもっていたのではなかったろうか。

「歌の円寂する時」を折口信夫が書いたとき、折口の目もまた、批評を失った現実の歌壇に向けられていた。そして歌はこのうえ伸びようがないといい、すでに滅びかけているともいった。そして短詩型のもつ主題に迫った。同じ意味で、私も今こそ、口語自由律であることの現代詩のもつ詩型としての主題を、今いちど直視すべきではないかと思う。そんなことを思いながら、今いちど先にのべたシンポジウムにもどすなら、パネラーたちは自分の発言に徹しながら、どこか嚙みあわぬばらばらな平行感覚に苛立っているようにみえる。その意味で私なりの詩的六〇年代七〇年代への環流も許されるのではないかと思う。

I　詩的60年代ノート

戦争体験をめぐって

晩秋（一九九五年）のつい先日、俳人の宇多喜代子さんの近著『ひとたばの手紙から』の出版記念会が、還暦祝いをかねて、兵庫県伊丹市の柿衞文庫で開かれた。宇多さんと私はまったく同一世代の、生後十年ほどを戦時下で過ごした、いわゆる戦後民主主義の第一期生である。そしてこの本は、たまたまシー・クリフというニューヨーク郊外の町に旅した宇多さんが、そこで知り合ったアメリカ人から、太平洋戦争を戦ったある島の洞窟で見つけたひとりの日本兵の残したひとたばの手紙を、日本に持ち帰って遺族の手に渡してほしいと頼まれたことを契機に、父の出征をふくめた彼女自身の小さな戦争体験を反芻しつつ、戦争の時代の俳句を検証しようとしたものであり、明らかに戦後五十年と自分の還暦を意識したところで成り立たせている。

この本を読んだとき、私がいち早く受けた感想は、それにしても戦争の時代の俳人たちに向けた宇多さんの眼差しが、何とまあこうまでも柔らかく静謐であり、やさしさに満ちているのだろうということだった。言葉をかえるなら、どんな戦争俳句にも、理解したいというぎりぎりの心情で接しており、そこからの多くの死と背中合わせにあった時代の生き方を追体験しているということだった。そう思ってふと自分を振り返ると、そのことに頷いている自分自身の姿もまたそこにあったのである。

そこで思われたのが、一九五六年秋に刊行されて、当時、若い私たちの心を熱心に捉えた、吉本隆明と武井昭夫の共著による『文学者の戦争責任』という一冊の新書版のことであった。なかでも刺戟的だったのは、それが戦時体制下の日本にあって、戦争協力詩を書いたからいけないとか仕方がなかったとかいうレベルでなく、そのことを隠蔽したまま戦後社会に相渉った民主主義文学者と称する人たちにたいして、戦後責任を問うというかたちで論点が展開されていたことであった。ごく自然に、反戦平和を願い、抑圧からの解放を目指して左翼のがわに身をおいていたひとりとして、その陣営の文化の諸相のなかで、とりわけきびしい対自化を求めるはずの文学に、なお根強く欺瞞と擬制が存在したことは大きな驚きであった。また、戦後の生き方が問われるかぎり、深いところで私たちの世代にとってアイデンティティだったからである。

もっとも、だからといって、この本がたとえば吉本隆明を例にとれば、それ以前の著である『高村光太郎』などよりすぐれているということではなかった。どこまでも政治的または社会的な関心を直接の軸にしたことで、のち清岡卓行などから裁決の論理と批判されたりすることも避けられなかったからである。だが、このときの私のなかには、鮎川信夫が「われわれの誠実は

「詩を書く」という一点にかかっている。いわば「詩を書く」ことによって現代に誠実たりうるのである」（「現代詩とは何か」）とのべたような考えが、すでに強い説得力をもって意識の一角を占めていた。批評の態度が創造にたいして不毛の刺戟となりかねないものであったとしても、この種の欺瞞が存在したこと自体、誠実を虚ろにさせるものでしかなかったからである。

さて、このあたりで問いかけをはじめにもどそう。なぜ『文学者の戦争責任』という一冊が思われたかである。さしあたって問題は一点にしぼられてくる気がする。戦後十年から十五年ぐらいのあいだにかけて、私たちの世代が感じとった戦争体験のあり方である。くり返すようだが、私たちの世代が戦争と共にあったのは生後十年前後であった。父の出征、戦場での死、空襲などがあったにしても、沖縄のような場合を除いてほとんどの人びとに戦場体験はなく、敵兵とあいまみえたこともなかった。私自身の経験でなら、主として戦後文学の主導によって、戦前の挫折、学徒出陣をふくめた戦場体験を、戦後の時間のなかで追体験として増殖させていったのである。だが、今になってきっぱりといえることは、そのときの私たちのなかに、戦争体験が知的に再生されたものとして存在しているという見方はなかった。すべてが地続きでつながったものとして、私たちもまた原体験世代と、共時的に存在していたような気がしてならない。いくつかの世代がセットに重なり合ったまま、戦争体験世代の醸し出す原液にまみれていたといってよいかも知れない。そこで生き方が問われ、戦争責任の問題がわがことのように思われたのである。告発者になろうということではなかった。そうあってはならない内的なモラルとして、おのれの生き方に寄せるタブーとして響いたのである。話が飛躍するようだが、私より五歳年下の長田弘の、六〇年反安保闘争を背景にした時代の詩に、〈ああ　飢えさえ知らず／なぜこんなにもぼくたちは傷つきやすいのか〉(「波」)というフレーズがある。同じ体験からは私のばあいにはこのようなナルシシズムは生まれない。その理由のひとつが、今のべたタブーを荷した意識にあるような気がする。

そして時は流れ、とうとう戦後五十年が過ぎていったのである。生きのびたことでその間の時代に立ち合うことになり、そのときにはまるで見えなかったたくさんの未来も見てしまい、歴史へ織りこまれていく自分自身の原体験をも見てしまったのである。私のなかに去来したものは、そこで自分の原体験と思いこんだものをあらためて問うことであった。宇多喜代子さんのなかに見たものとは、戦争という熾烈な死の時代に、けんめいに生きつづけようともがきつづけた人びとの作品行為のうちから、あらためて戦争と表現の相関を読みとろうとする試みであった。つまり、私たちの世代もまた、多くの点で戦争を知らないがわに属していたということであり、実に長いあいだその錯誤のなかに生きてもいたということであった。

天地灼けぬ兵士乗船する靴おと

兵疲れ夢を灯しつゝ歩む

我を撃つ敵と劫暑を倶《とも》にせる

これは宇多さん自身が戦後編纂に手を貸した片山桃史の、一九四〇年刊の句集『北方兵団』に収められている作品である。末端の兵士の位置に立ち、鮮やかに微視の緊張に徹している。戦争にたいしてどちらがわを向いていたとか論外である。その反面、おびただしい数の戦勝祝賀の句が、銃後にいた明治生まれの俳人たちによって発表されたのもたしかであった。祝う句をつくっている工房を想像してなんとなく気の毒になった、と、宇多さんは記しているが、

國捷《か》ちて芋雑炊の煮えたぎる　蛇笏

戦捷、旧舎はペッタラペッタラと旧の餅をつく　井泉水

など、きびしいリアリティだ。思えば責任という問いつめ方はそれでよかったのだろうか。

谷川雁幻想

たまたま息子が通っている予備校の情報誌に、人権派弁護士として今何かと話題の多い遠藤誠のトーク記事が出ていて、そのプロフィルに、「弁護士は趣味、本職は作曲家兼写真家兼仏教者兼革命夢想家と自称している」とあったことから、家まで持ち帰ってきた。息子の興味は、このなかでも職業の弁護士を趣味といい、本職に革命夢想家がくわえられていたことで、友人たちとも「めっちゃおもろいな」と言い合ったようであった。

私も面白がると思ったらしいが、なるほど戦後五十年もたち、すべてがスポイルされたような時代になって、いまどきの十代の若い世代を対象に、革命と夢想をひとつにくくりつけもっともらしい用語にし、なおその上を仏教者というオブラートで包みこまねば、来歴をこめた自分を要約できまいとした、そのはにかみは十分理解できる気がした。逆にいえば、遠藤氏は大学卒業までは旧制であった世代の人であるが、おのれの青春を現代の若者たちの青春にオーヴァラップさせるに際し、どこか譲れない一点があるとすれば、このようなまわりくどい手続きでしか表現しえない、ある種のこだわりなのではないだろうか。

そういえば、「現代詩手帖」先月号（一九九六年一月号）の永原孝道の詩書月評のなかにも、多少かぶさって思うことがあった。氏が、現在のアポカリプス状況とは、つまりは媒介《メディア》の消滅であるとのべている点である。思えばこの媒介に、言葉が象徴《シンボル》化することで直接くわわることができた時代が、先の遠藤氏の青春もふくめて、戦後詩とか初期現代詩とかいわれた時期から、六〇年代掉尾の大学紛争までの時代であったろう。飢餓、絶望、挫折、革命、疎外等々、情況を直接ばねにした思想的な言語が、単語の無菌状態のままで詩《ポエム》に接近、それが意識の流れからシュルレアリスムやドキュメンタリー、モンタージュ等をふくめた二十世紀的方法と連動して、詩的情況の温度をも赤く染めあげたからであった。

そして、そこをたくみに熟知することで、言葉を極端な比喩能力によって自立させながら、政治や社会の動きのがわにも身を置いて、詩的方法の拡充によって、実践的な政治プログラムの領域をもひとつの頂きに到達させようとしたのが、昨年（一九九五年）二月に七十一歳で亡くなった谷川雁であった。亡くなったときには、表現者としてはとうに終わりを告げた人の肉体的な死の告知というのが、正直いつわらざる感慨であったが、こんなふうに文をつくりながら振り返ると、文字どおり戦後の動乱期から、左翼運動が光芒を放った時代へかけて、独自の語法それだけで時代の精霊たりえたのが、谷川雁であったことがよくわかる。比喩能力といったが、暗喩《メタファ》の性格ひとつをめぐっても、暗号、矛盾、非公然、原点などと、情況の折々に応じて置きかえた類語は多く、それがまた、谷川雁の面目躍如たる勇姿であった。当時の文学的青年の多くがそうであったように、政治青年であることとモノを書くことを同時にはじめた私などには、そのひとつひとつが、直接手をふれるならばたちまち火傷してしまいそうな、新鮮な感覚として作用した。とりわけ、組織と個をまっしぐらにイコールでつなぐ発想は、ロシア型コミュニズム党の組織論が猖獗をきわめて重くのしかかっていた時代にあって、この憑きから放たれたような解放感をあたえられた。

そんな谷川雁を語るのに、よく引かれる詩に「毛沢東」がある。

あすはまだ深みで鳴っているが
同志毛のみみはじっと垂れている

ひとつのこだまが投身する
村のかなしい人達の叫びが

そして老いぼれた木と縄が
かすかなあらしを汲みあげるとき

ひとすじの苦しい光のように
同志毛は立っている

八連構成の詩のこれはあと半分である。文化大革命からベルリンの壁崩壊などをへて、今日の毛沢東像はすっかり色褪せて、今では権力にも女にも人一倍旺盛だっただけのただの老人像になっているが、この詩にそんな実在の毛沢東像をかぶせる必要はみじんもいるまい。実在を思わせることと自体に、谷川雁独自のレトリックが作用しているとみるほうが、ずっと面白いだろう。実際、このじっと耳を垂らしている毛沢東像こそは、谷川雁がこの時期、あらんかぎりの声で主張した、沈黙裡の民衆の心の深いところにひそむ自由への表現、谷川流の言葉といえば非公然の声にたいして耳をかたむけている、彼がもっとも理想とした詩人の姿であった。言葉をかえれば彼の詩法とは、詩と政治の関係にあっては、それをつなぐものは表現の自由であるが、その第一歩になるのが、この非公然の自由だからである。このあたり順ぐりに語ることはとてもむずかしい。ようするに制度化され、さまざまな呪縛のなかで被支配のがわにいる民衆にとって、ほんとうのことがほんとうにいえるということはありえない。このありえないという一点から、表現へむけて注ぎこまれた世界が、谷川雁独特の用語法による、非公然の自由と名づけられた領域であった。

ただ、こうとだけはいっておいてよいだろう。彼は近代のサンボリスムをたっぷりと身につけた詩人として出立したが、このサンボリストたちが発見した表現の非公然性（言葉の意味性からの自立と喩法の発達）を、おのれの自我のみの周辺にはけっして集めなかった詩人であった。そこがまた政治詩人といわれたゆえんであるが、同じ意味で先の表現の自由もまた、「言論の自由を守れ」式の運動レベルのものでないことにも注目しておいてよいと思う。

いずれにせよ、こんなふうにして毛沢東という固有名詞は、いくえにも詩人の内部で濾化されたあと、低処《ひくみ》から発せられた像としてある。あらゆるぜい肉をそぎ落とした単純な旋律が、ゴルゴタの挿話に匹敵するこの革命家の清廉な像をささえている。このイメージは、一九五八年九州山口のサークル活動家を糾合して創刊された交流誌「サークル村」と同時に、みずからの想像力によって立案した工作者の、あるべき萌色の等身像でもあった。谷川雁のロマンティシズムがどんなものであったかは、この詩一篇からでも察せられよう。その反面、吉岡実のもつ切磋琢磨された暗喩などと異なるところは、周到に読みすすめていけば、谷川雁のばあいには、意外に本来の非公然性が破られ、意味にもどりやすいということがあった。その点でも、言葉の無菌状態時代の典型的な使徒だったといえるかも知れない。

本気で革命夢想を生きた谷川雁のような人を思うと、革命夢想家などと今日のんきにほざくことには、多少のためらいがあってもいい気がする。しかし、反面で、遠藤氏のはにかみが見えているのもほんとうである。どこかで、いつまでも幼な馴じみを思いつめるような気分があるからだろうか。

「列島」私考

ずっと大阪に住んでいる関係もあって、私は一九五九年から「山河」の同人になった。のち戦後詩の一角を担った「列島」グループの主要同人となる長谷川龍生や浜田知章が、大阪を拠点に五一年から出していた雑誌である。だが私が入った頃は、数年前に当時まだ女子大生だった富岡多恵子の参加をめぐって同人間に紛糾があり、政治主義の傾向の強い人たちがいっせいに去ったあとで、その後、さらに長谷川龍生や富岡多恵子も東京に居を移して、どこかあっけらかんとした空家風の雰囲気になっていた。しかしドイツ文学者でもある野村修、宮沢賢治の研究者でもある俳優の内田朝雄等がいて、よく知られたはずの「山河」とはちがう個性的な自由な雰囲気を湛えて、どこか透明なガラス窓を背にしているような清涼感が私には十分刺激的だった。野村修がブレヒトやエンツェンスベルガーを訳すときに見せる攻撃的で軽快なリズムをもった文体、内田朝雄の自由闊達な発想と浜田知章の人なつっこい豪快さを重ねた風景などは、騒々しい時代の

「山河」には見られなかったはずのものであった。もっとも「山河」自体は二年後の六一年に使命は終えたとして幕引きしており、私自身はこの幕引きのためにくわわったようなところもあった。

ま、こんな経緯をたどっただけに、六〇年代に入って、関根弘、長谷川龍生、黒田喜夫ら少数を残して、「列島」系の詩人たちがどことなく精彩を欠いてしまったのは、その理由はよくわかるにしても、一抹の淋しさのようなものを私に残した。

たとえば、「「列島」の詩人たちは、すでに戦後詩史の暗闇のなかに閉じこめられてしまったのであろうか」という、まことに直截な一行ではじまる北川透の「詩の不可能性――「列島」批判の一側面」などは、六四年までに書かれているだけにきわめて先験的であり、これらがまた深いところで、「列島」の負の面を後世代の眼差しから陥没させていったのだろう。

だが、その前に、「列島」認識のひとつとして、もっとも早い時期の戦後詩史論と目される吉本隆明の『戦後詩人論』を覗いておきたい。

「民主主義詩運動の戦後派は、関根弘、木島始、瀬木慎一らの「列島」グループの出現によって、はじめて明確な形をとりはじめた。「列島」の創刊は昭和二十七年（一九五二）であり、ここには、野間宏、長谷川龍生、井手則雄、安東次男などを含めて、民主主義陣営の新世代の詩人はほとんど結集した。

しかし、このグループが、真に方法的な自覚の上に立って方向を決定したのは、関根弘が「新日本文学」一九五四年三月号に「狼が来た」を発表して、民主主義詩運動の方法的な無自覚と、それと共通な根柢につながる運動上の欠陥、政治的なタイハイの根源を鋭くついて、野間宏、岡本潤、その他「詩運動」の一派と激しい論争をくりひろげてからであった。

この論争を契機として、関根弘らは、はっきりとアヴァンギャルドとリアリズムとの統一という方法上の立場を打ち出し、プロレタリア詩運動の内在的な欠陥をこの方向に克服すべき方針を立てた」

さて、ここで高い評価をあたえられたかに見える「狼が来た」を読み返してあらためて気づかされたのは、なるほど方法的な無自覚とそれに共通な根柢につながる運動上の欠陥等を鋭くついたとしても、その論争自体のレベルはいかにも低いということであった。コトバを返せば、私にはもはや、関根弘の孤軍奮闘ばかりしか目にうつらなかったということである。だが、その関根弘自体も、運動内部の方法的な無自覚は指摘しえても、けっして自分の側からの新しい方法意識の提出にまではいたっていない。比喩についての論争ひとつをとっても、「比喩が実現するのはほんとうは置きかえのきかない言葉だ」というだけでは、サンボリスムの舌足らずの解説に過ぎず、革命的比喩の実現といったところで、政治的な域を出ることがないからである。あるいはまた、詩における記録性にも言及しているが、方法として比喩と記録性の関係にまではふれていない。論争の対手の低さということもあったろうが、これでは関根弘の持ち味であった「狼が来た」という表現法自体が証明する、シャれた寓意的な言いまわしが目立つばかりではないか。

その点、初期の長谷川龍生は、リアリズムの立場からの明確な方法論をもっていた。
「人間の内部にたえずおこる思考や、感情をふくめての、いっさいの現実の否定のひそかなる方法は、外部に現われて出るアクションの律動とおなじように、ほんの一秒にもたりない時間のうちに、おそろしい速度で経過する。なかなかそのスピードをもった真実は見ることはできない。しかしその一秒の体験をとらえるためには、ながい時間をかけて、断片的に馴らされた人間の意識をアクションの律動に乗せる必要が生れてくる」

これは一九五〇年に書いた「移動と転換」と題した、アクションに関する走り書的ノートの冒頭である。小野十三郎の『詩論』の形式を踏襲したこの詩論は、文字どおり走り書的ノートのまで閉じているが、「パウロウの鶴」「瞠視慾」「理髪店にて」などの作品をみれば、それが意味したところはかえってよくわかろう。

長谷川龍生は小野十三郎の絵画的リアリズムを止揚して、そこにドキュメンタリーとして映画のもつモンタージュの方法を意識して取り入れた詩人であり、そこを移動と転換と名づけたのである。当時の長谷川龍生は文字どおり旺盛な制作欲をもっていたらしく、五七年に「山河」が原爆詩特集をくむが、そのときのワンショットを浜田知章はつぎのように語っている。

「被害者と加害者の問題。つまり被害者としてのわれわれ、特に被爆した人たちが傷口をみせての泣訴、泣き訴えるということより、その大きな傷口、苦痛を与えた大殺戮の元凶に対しテッテイ的追求というのか、詩の上において実現しようということだったんです。これは、やっぱり同人会でやらなければならないということがきまったわけでなく、まずその一作を長谷川が、「追う者」という作品をぼくに見せたわけです」(「関西戦後詩史」)

「列島」の寿命は短かく、三年後の五五年には十二号を出して終刊している。私自身は、「列島」がグループとして戦後詩のなかで一角を占めるのは、先の吉本隆明のような、まったくの同時代同世代からの評価があったからだという気がしてならない。しかしその後の黒田喜夫にしても長谷川龍生の仕事にしても、「列島」がシュルレアリスムから記録的なリアリズムへ命題を立てたこととは無縁だったろう。関根弘自身の「狼が来た」のなかの言葉でいえば、「文学的真実、仮構性の真実」という、詩の根源的自由の問題にまでは、ついに突き当たることがなかったからである。政治とはいかにむなしいかを逆に証拠立てている気もしてならない。

黒田喜夫・六〇年代

この時代、みずからのもつ私的経験を、それを包囲した情況に対応させつつ、独自な詩論に汲みあげるとともに詩法にもなしえた人に、黒田喜夫と石原吉郎がいる。そのまま後世代（六〇年代詩人たち）に大きな刺戟をあたえた点でも共通していた。ただそれ以外では、びっくりするほど内実的にはどのような接点をもたないまま、ふたりは別々のコースをたどった。にもかかわらず、私などは同時代に立ち合ったひとりとして、そのどちらからもじつに多くのものを学びながら今日まできた。このどちらからもということが、今になってみれば多少はなつかしくもあり、後世代に属したものからの（私なりの）、かすかな独自性といってみたいような気もする。

さて私自身、黒田喜夫に接近した時期は早かった。詩集『不安と遊撃』（一九五九年）以前、発表誌の段階で、「空想のゲリラ」や「ハンガリヤの笑い」を読んでいるから、詩を書きはじめたハタチ前後から、つねに身近かに感じとっていた詩人のひとりということになる。当時の印象では、同じ社会派といわれた詩人でも、長谷川龍生や谷川雁の醸し出す絢爛たる詩法とはちがって、また「荒地」グループの主体的経験的態度ともちがって、どこか呻くような地底からの叫びにも似た情念のほとばしりが印象的であり、戦慄すらおぼえた。「ハンガリヤの笑い」のよく知られた冒頭の詩句を思い起こしてよいと思う。

信じてくれ
ぼくは逆さに吊られ殺された
ぼくがちっとも知らない街　ブダペストで

サルトルが反ソ社会主義革命とよんだ、一九五六年十月のハンガリーの首都ブダペストでおきた労働者の大規模な反政府暴動と、ソ連の軍事介入による弾圧のなかで、この詩はたしか時事詩として発表されたと思う。このとき私が受けた衝撃とは、何よりも黒田喜夫の眼差しが、自分が愛し守ったはずの民衆から逆に逆さ吊るしにされ殺された、コミュニストの目をとおして発せられていたことだった。彼は下級の党員にちがいなく、黒田喜夫の詩の肉声をとおして、どこかヒステリックな気配さえ漂わせ、饒舌に、軽佻に、生活的に叫びつづけている。このプレ・アニミズム風の仮構は、当時若いコミュニストであった私の内面を撃つには十分だった。そして、逆さ吊るしにされて殺される以外に、もう遁れようもない思想が自分の裡にもあることを鮮烈に自覚したのだった。

黒田喜夫といえば今日では、貧しい農家の出で戦後農民運動に参加、五、六〇年代をとおして反スターリニズム・反権力の思想を形成、飢餓の体験や死の危機に晒された病者の目をとおして、混沌とした内部世界を凝視した詩人として知られる。

だが、当時の私は、この詩人についてまだそんなに深く知る由もなかった。むしろ「空想のゲリラ」や「毒虫飼育」などがそうであったように、戦後の実践的な革命運動のなかで、その擬制に気づいたひとりの詩人が、そこ（擬制の組織）へ自分を駆りたてた民衆のひとりとしての内なる自画像へ、いまいちど引き返しメスを入れようと、けんめいにもがいている姿として映った。それが表現として紡ぎ出されてくる黒田喜夫のいっさいであり、具体的なものの全部だった。もういちど「ハンガリヤの笑い」にかえろう。

一九五六年冬
ブダペストの雪
雪のうえに足痕
迷子がひとり
パルチザンの唄をうたいつつ
坂を這いのぼる

ここにぼくの家がある
入ってゆくと
覚えのない顔が　誰ですかあ！

ここでわが家で突きつけられる否《ノン》こそが、私が受ける戦慄の実体だった。

この黒田喜夫が、私の知らない私的経験を、本格的な詩論のかたちで展開したのが一九六四年の『死にいたる飢餓』である。小作する土地すらもたないために、下男奉公や年季作男奉公を余儀なくされた底辺の男たち＝あんにゃをタテ軸にした飢餓論で、今読み返して、色濃くたちこめる暗い自伝性の濃度にあらためて気づかされた。同時に、このエッセイの出現によって、この前後からの黒田喜夫の作品世界が、たえずこのエッセイによって微妙に補完され、多重構造になっていたことにも気づいた。ただ、このこと自体はこの詩人だけのものではなく、五〇年代から六〇年代へ引き継がれた詩のばあいには、わりあいに多く見受けられる傾向でもあるが、こうした表現言語それ自体が、生身の思想的（情況的）言語から十分に自立しえていないという事情が、黒田喜夫のようなばあいにも見られるようになったのである。

六〇年代に入って書かれたこれも著名な作品のひとつに「沈黙への断章」がある。その最後の部分。

15

そしておれの双つの顔は
おれの顔ではなく
おれの双つの顔を凝視しているおれが
おれの顔だ
おれはきょう沈黙者の盟約としてそれを知る

16

そのとき
極を追う男と
極に追われる男の分裂にかかる
喉を血の色をしたながい無音の叫びが
おれの沈黙の癌部からほとばしってくる

初期の「燃えるキリン」「空想のゲリラ」「ハンガリヤの笑い」「毒虫飼育」「原点破壊」などの、内面化と記録的手法の駆使による豊饒なイメージ世界にくらべて、この「沈黙への断章」はどうしてこうも壮重な観念的な言いまわしだけになってしまったのだろう。こまごました意見はよそう。この詩にかぎっていえば、引いた詩句がしめすとおり、思想的情緒ともいうべき言葉が、詩表現の周囲を空まわりしているばかりで、イメージとしても喩としても、もはやつかみどころのないままに終始している。印象風にいうなら、詩人の内的疲労ばかりがどっさり溜まったままという感じなのだ。もし、このような詩に風通しをよくするとすれば、先のエッセイのような別の表現形式によって手がかりを運んできて読み返すしかない。

そういえば、『死にいたる飢餓』自体は、詩論というよりもすぐれた情況論としても成り立っている。あんにゃとは窮極は餓死タカリであり、ただ飢えただけの人ではなく、不治の飢餓病にとり憑かれいく重にも飢えながら生きる男のことだが、そこを仮構に据えることによって、そこからたどるさまざまな変容（思想的回路）には強い説得力があたえられ、あんにゃ存在はついに普遍にゆきついているからである。

ほぼ同時期、『谷川雁詩集』について語る黒田喜夫の声を聞いてみよう。

「彼の詩の行程は、観念＝観念であり、その間には卓抜な比喩があるだけなのだ。信ぜよといわれれば信じてもいい。だが戦後を生きた者は、観念＝物質化＝行動＝観念というような、反信念の道を通ってだけ信じることができるのである」

どうしたのだろう、ここでは表現論そのものが欠落している。黒田喜夫はどこへむかおうとしていたのだろうか。

飢餓論・余話

「日本は弥生式農耕が入ってきて以来、さまざまな時代を経、昭和三十年代の終りごろになってやっと飯が食える時代になった。日本人の最初の歴史的経験であり、その驚嘆すべき時代に成人して餓飢への恐怖をお伽話としか思えない世代がやっと育ったのである」

最近亡くなった司馬遼太郎の、これは『人間の集団について』という本のなかに、さり気なく書きこまれていた数行である。さり気なくと書いたことにとりたてて他意はない。じつは今回も黒田喜夫のことを考えていて、『彼岸と主体』や『一人の彼方』の文脈にすっかり疲れはてたあと、ふと思い出されたのがこの数行だったというだけである。体験的にいってしまうならば、黒田喜夫についての徒労は、かつてはそんなふうではなかったという思いに多少なりともかぶさっている。むさぼるように読んだ記憶が消え去ったわけでもない。

ただ昭和三十年代の終わりといえば、黒田喜夫が『死にいたる飢餓』を書いたのもまったくの同じ時期であった。ということは、このたぐいまれな飢餓論は、皮肉にもこの国から飢餓が、まさに消え去ろうとした通過点のなかにあって書かれたものということになろう。

さて、この黒田喜夫から二十余年あとの詩人に長田弘がいる。その彼がこの時期に書いた作品のなかにも飢えはある。

おお　音階をわすれた
ぼくたちの多忙と悲惨についてかんがえよう
ガラスの石と薬と組織に包まれた優雅さ
つまり、ぼくたちの衛生的な時代についてかんがえよう。
燃えているようなこのおおきな日没
とおくのまっかな波のあいだから
跳びあがって　キラと光る
やさしい海豚がぼくたちの耳に警告をとどけてくれるから。
ああ　飢えさえ知らず
なぜこんなにもぼくたちは傷つきやすいのか

（「波」）

これには長田弘自身の解説があるから、聞いておくのもよいかも知れない。

「それは、ぼくなりの率直ないわば「安保」の総括でした。ぼくには、そういう生活の必然の飢えもなかったし、これを許すと日本の民主主義を守れないとか、あるいはお祭りだからみこしをかつごうという観念的な発想もなかった。ぼくにとって、「安保」ってのはそういうものじゃなくて、一番はっきり記憶しているのは、デモでの疲労だとか、棍棒で殴られた痛みだとか、股を蹴られた苦痛だとか、ぬるっとした他人の血の気味の悪い感覚だとか、そういうものなんですね。そういうきわめて具体的な感覚に、ぼくにとっての「安保」ってのはある」〈鮎川信夫との対談〉

黒田喜夫がけんめいになって、経験的なもののいっさいの総量をとおして、飢餓を対象化し思想化にやっきになっているまさにそのときに、長田弘のこのあっけらかんとした表情は、そのまま司馬遼太郎のいう「食える時代になった」ことへの証言にもなっているといってしまえるかも知れない。ほぼ同世代の北川透や清水昶が、黒田喜夫の内奥に真摯に向き合っているのにくらべても、いかにも楽天的である。しかもここで、長田弘の身体的な「具体的な感覚」ということが、詩の手法としても、黒田喜夫の「沈黙への断章」以後の、壮重で観念的な言いまわしにたいして、アレルギー破壊症みたいなところもあって、後退していないところも興味深い。長田弘の詩のもつ、性癖的とも思われるのっぺりした抒情的な雰囲気を別にすれば、そのことは七〇年を歌った佐々木幹郎の初期の作品、たとえば「死者の鞭」の、〈ナロードの祈りに似た／ねばい朝のミルクの／垂れてくる安堵の色つやをながめ〉の原風景などにも通底するようにも思われる。

ただ、だからといって、引いたフレーズを眺めても、長田弘が醸しだしている、悲惨、組織、警告等々の語彙と、それにストレートに接続した飢え、傷つきやすいなどの用語法に、注意の必要がないということではない。そのまま戦争体験と戦後詩を基層とした、いわゆる〈荒地〉的なバリエーションであることもよく見えるからである。その点では、長田自身の発言とはうらはらに、これらの時期の彼の詩が、かならずしも手法として具体的な感覚をより手がかりにしたとはいえないだろう。ことばをかえれば、〈なぜこんなにもぼくたちは傷つきやすいのか〉というだけなら、年端のゆかない少年少女の思春期の感傷パターンにかるがると置きかえられてしまうとも思われるからであり、事実、彼のテクストはいたるところで、そういう読みかえが可能だからでもある。こんなふうに長田弘という詩人は、六〇年代の初頭にあって、戦後詩から引き継いだ思想的でシニカルな詩的言語を、たくみに内的に当世風に（つまり飯が食える時代に）組みなおして風俗化しえた最初のひとりであった。だからといって、それが彼を減殺することにもなるまい。黒田喜夫が飢えの象徴としてのあんにゃ存在を、つねに見られている男から、見えないところへ、見えざる男へと、スターリニズム党への絶対化を、そうあらざるをえなかったものとして、戦後史過程の袋小路にまで追いつめたのと同じときに、長田弘はその重く閉ざされた暗い穴としての飢えを、生活の必然の飢えはなかったという明澄な意志で、無化せしめつつあったことにもなるからである。〈飢えさえも知らず〉とは、どこか遅れてきた少年の響きをもって小気味がよく、う、うん、そうかとほっとさせるところもあり、そこはひとつの通路として、新しい喩の発生するところとしてもみとめておかねばなるまい。それを私は、黒田喜夫のがわに深く身を置いたひとりとしてのべておこうと思う。そういえば、『死にいたる飢餓』におくれて、しばらくして知った本に柳田国男の『山の人生』があった。その冒頭に、たぶん明治の中期のことだろう、西美濃の山のなかで炭を焼く五十ばかりの男の話があった。

「女房はとっくに死んで、あとには十三になる男の子が一人あった。そこへどうした事情であったか、同じ歳ぐらいの小娘を貰って来て、山の炭焼小屋で一緒に育てていた。その子たちの名前はもう私も忘れてしまった。何としても炭は売れず、何度里へ降りても、いつも一合の米も手に入らなかった。最後の日にも空手《からて》で戻って来て、飢えきっている小さい者の顔を見るのがつらさに、すっと小屋の奥へ入って昼寝をしてしまった。

眼がさめてみると、小屋の口いっぱいに夕日がさしていた。秋の末の事であったという。二人の子供がその日当りの処にしゃがんで、しきりに何かしているので、傍へ行ってみたら一生懸命に仕事に使う大きな斧を磨いていた。阿爺《おとう》、これでわしたちを殺してくれといったそうである。そうして入口の材木を枕にして、二人ながら仰向けに寝たそうである。それを見るとくらくらとして、前後の考えもなく二人の首を打ち落してしまった。それで自分は死ぬことができなくて、やがて捕えられて牢に入れられた」

清水昶がのちナショナリズムをめぐって黒田喜夫と論争したときにも何どもふれた、太宰治の『櫛風沐雨』の、風雨に曝されるほかは伝統も何もない、民衆の生活のなかの風土の自然ともいうべきものに、私もここで材木を枕にした二人の子を重ねてしまいたいと思う。たぶんこのようにごろりと投げ出されたままで、私のなかの飢えもなお強く生きつづけることだろう。むろん、飯が食える時代にわざわざ結びつけることもいるまい。ただ不思議なのは、仰向けに寝た子どもたちの身体に宿っていた静寂あるいは劇した祈りのようなものに、当時、私自身まるごと気づいていなかったことである。

石原吉郎体験

私がはじめて石原吉郎の作品を意識して読んだのは、やはり詩集『サンチョ・パンサの帰郷』がH氏賞を受賞してまもなくの頃だったと思う。だが来歴をふくめて、その全体像に大きな関心をもったのは、七〇年に構造社から刊行された詩・評論集『日常への強制』を読んだ折だった。当時、私は雑誌「犯罪」の編集にかかわっていて、同じ版元だったことから構造社にはよく出入りしており、そのせいで早い機会にまとめ読みする機会にめぐまれたのである。

石原吉郎自身、五三年に帰国以来、シベリアについてのエッセイを書くまでには十五年かかっていると書いているとおり、『サンチョ・パンサの帰郷』を読んだ六四年頃の時点では、私はしたがってどんな予備知識も持ち合わせてはいなかった。フランクルの『夜と霧』の冒頭をさし挿んだことからはじまる短かい「あとがき」や、詩そのものが語りかけている経験的なものが知りえたぜんぶだった。だが、たとえば、

そこにあるものは
そこにそうして
あるものだ
見ろ
手がある
足がある
うすらわらいさえしている
見たものは
見たといえ

（「事実」）

など、そこから醸し出される、固有の磐石のフォルムに水面下で支えられて、最少の言葉によって読み手の思惟にはたらきかけてくる展開は、それだけで十分にスリリングであり、襟を正さねばならないもののように思われた。襟を正すとは、このばあいの私にとっては、どこかで呻きをこらえてアフォリズム（断想録）に化身してやってきた、単独者の礼節のようにも見えたということである。

詩の風景からいえば、戦後の方法的な左翼詩のなかで、谷川雁の詩がその喩法の卓抜さによって、ただひとり完璧なまでに異貌であったように、石原吉郎の詩もまた、経験的態度や意味を尊重する詩法に近い世界にあって、シベリアという原体験へのこだわりと確信犯的なその徹底さによって、まったくただひとりの詩人に見えたということであった。このばあい石原吉郎のなかには、谷川雁のもつ性癖的といってしまってもよいほどの、いつも羽搏きをかけるような観念の翼がないことはいうまでもない。あひるや鶏に似た地上的なもので充たされており、そこから放たれた水平の眼差しが、体験の思想化というコースをたどるのである。今引いた詩のなかでは、そことという用語法に注目してみるのもよいだろう。ようするに私ははじめてこの詩にふれたとき、そこに釘づけされたことはたしかであった。ということは、私なりに切れ目を入れて読んでしまったということであり、読むがわからの自由ということからいえば、その分この詩の世界に、私が呪縛されたのである。

　少々余談めくが、最近阪神大震災の被害者のひとりである上松實という人の、『震後ノートから』というみじかい生活記録を読んだ。そのなかに段ボールさわぎの一幕がある。震災二日目の夜、避難所になった学校の体育館で、一枚の掛け毛布と一枚の敷き毛布では寒くてたまらず、起きて緊急照明であたりを見渡すと、みな、段ボールを何枚も敷き毛布の下に差しこんで寝ていたというのである。路上生活者の知恵がここでは生かされており、あわてて捜しに行くが、むろんそのときには一枚も残っていず、まんじりともせず一夜をあかしたというのである。

　私はいま、おびただしく書かれている証言報告風の震災詩にはほとんど無関心なのは、このような、何があろうと、命の危機にさらされようと、生きているかぎり続いているはずの日常としての生活が描かれていないからである。そして上松實がしめした、このような連続する生活営為のなかから、その切れ目としての自身に振りかかった震災の現実をみるという眼差しこそは、私がそこに感じたように、いつのまにか長い時間をかけて、石原吉郎のなかから感化された眼差しであるといってもよかった。同じことは井伏鱒二の『黒い雨』についてもいえよう。この小説のすぐれているのは、たまたま広島にいたために原爆の洗礼を受けざるをえなかった一市民の日常が、姪の結婚を実現させたいというあがきのような渇望とともに、丹念に丹念に描かれているからである。

さて、ヨコ道に入りすぎたようだが、このようにさまざまな私のなかの石原吉郎体験を追求していくと、戦後からの詩の流れのなかでひとつ浮かびあがるのが、六八年頃からエッセイとして書かれることでようやくあきらかになった、原体験としてのシベリア強制収容所体験と詩の関係であり、黒田喜夫の飢餓論とも抵触する一点である。これについては、「生の体験と死の体験と」と題された鮎川信夫との対談のなかに、みずからのつぎのような興味深い発言がある。

「「サンチョ・パンサの帰郷」というんですが、あの帰郷も直接自分の帰郷に結びつけたつもりはないんです。ただ夜歩いてて、街のネオンサインなんか見てたら、ああいうイメージが出てきて書いちゃったんですけれど、ずっと後になってからですね、自分の詩のシベリアのイメージと結びついたのは。ただぼくは、あの詩を自分の想像力によって書いたという気持だけはあったんですがね。それがね、これがシベリアのイメージと結びついているんだと自分が納得できるような時期になったとき、今度は意識してシベリアのものを書きはじめたんです」

ここで、シベリアのイメージと結びついているんだと自分が納得できるような時期とは、いったいどういうことだろうか。「サンチョ・パンサの帰郷」という詩が書かれたのが五五年であり、「確認されない死のなかで」「ある〈共生〉の経験から」「沈黙と失語」などの生々しいシベリア体験が語られるようになったのが六九年以降であるから、たしかにその間には十五年に近い歳月が流れている。この点では私が構造社の『日常への強制』を読んだことも、たまたままとめ読みが出来たというだけであって、他の多くの人びとにおくれて全貌にふれたということにはならない。

それより私にとって衝撃的だったのは、そんなふうに語りはじめた石原吉郎のシベリアが、一行たりとも体験の垂れ流しのようには書かれていないことであった。内省につぐ内省というのがこのときの私の印象であり、たえず言葉が対象化されていることで、これはまぎれもなく表現論だと思ったことがゆいいつだった。正直いってその点で、すぐれたペシミストとして登場する鹿野武一なども、作品「脱走」の背景を語ることにもなる「沈黙と失語」の一発の銃声事件も、そのままほんとうのことであろうかといぶかりたくなったほどであった。石原吉郎にとって、シベリアこそが故郷であることに気づかされるまでにはまだ時間がかかった。

おそらく、自分が納得するような時期とは帰国してからの日本の生活を加算することと考えてよいだろう。こんなふうにあたえられたシベリアからの物理的な未来時間をたどるうちに、石原吉郎のシベリアの生活は、そののっぺらぼうの現実に区切りを入れるものとして再生されねばならなかったのである。

そこが、のち私なども また、いくえにもいくえにも重ね合わせていくことになる素地というべき場所であったといってもよいかも知れない。

鹿野武一とは誰か

「〈すなわち最もよき人びとは帰っては来なかった〉。〈夜と霧〉の冒頭へフランクルがさし挿んだこの言葉を、かつて疼くような思いで読んだ。あるいは、こういうこともできるであろう。〈最もよき私自身も帰っては来なかった〉と。今なお私が、異常なまでにシベリヤに執着する理由は、ただひとつそのことによる」

石原吉郎を語るときにはよく引き合いにされる、一九六三年刊の『サンチョ・パンサの帰郷』につけられた「あとがき」は、こんなふうに書き出される。正確にはフランクルのこのときのこの言葉は、文脈のなかでは、プロローグの中頃にさり気なく挿入されているが、ここで息をのむように立ち停まったであろう石原吉郎の眼差しが、私にはよくわかる気がする。このフレーズにいたる過程で、フランクルは、アウシュヴィッツの強制収容所で、囚人を取締るため囚人のなかから選ばれたカポーという身分のあったことにふれ、ナチス親衛隊によっておこなわれた支配の側からの積極的な選抜の他に、何とか生きのびるためにその地位を得たいという、いわば消極的な選抜があったことを記している。その結果、生存のための苦しい闘いにおいて、良心もなく、暴力、窃盗、その他の不正な手段を平気で用い、それどころか同僚を売ることさえひるまなかった人びとである。石原吉郎のいうフランクルの一行は、そのことを語ったあとにあらわれる。そのあとになお、著者は精神医学者であるが医師として働いたのではなく、通常の囚人以上の何ものでもなかったことを告げ、「ささやかな誇りをもって述べたいと思う」と書きとめる。問題の一行は、ここでもう一ど反復、しているといってよい。つまり通常の囚人以上のものではなかったが、私もまた生きのびたことによって、すなわちもっともよき人びとではなかったという意識である。

ただ、この種の苛酷なまでに自省的なモティフ自体は、戦後しばしば繰り返された転向論や戦争責任論のなかでも語られたバリエーションではあった。そこを乗り越えて、石原吉郎の発言が、六〇年代以降の若者たちをはげしく揺すぶったのは、自分がこの言葉に執着する理由を具体化して、さらにつぎのようにも書きついだからである。

「私にとって人間と自由とは、ただシベリヤにしか存在しない（もっとも正確には、シベリヤの強制収容所にしか存在しない）。日のあけくれがじかに不条理である場所で、人間は初めて自由に未来を想いえがくことができるであろう」

このことは、フランクルの体験にもどすなら、積極的な選抜の他にもうひとつあった、消極的な選抜の位置に自分自身を沈ませるということであったと私は思う。同時に一九五三年帰国後の石原吉郎の、戦後時間にたいする痛烈な否《ノン》の意識であった。

黒い踵が　容赦なく
いま踏んで通る
服従せよ
まだらな犬を打ちすえるように
われらは怒りを打ちすえる
われらはいま了解する
そうしてわれらは承認する
われらはきっぱりと服従する

（「脱走」）

このようなフレーズも、「一九五〇年ザバイカルの徒刑地で」という付言につられて、石原吉郎体験をふか追いしつつ、シベリア詩として読んだこと自体、私はとんでもない誤読をしていたなという気がしてならない。それが沈黙裡の表現であったとしても、詩が書かれたのは、シベリアの日のあけくれがじかに不条理である場所ではなく、急ピッチの経済復興とお喋りのしたい放題の日本の国土だったからである。前章でも紹介した「事実」の〈そこにあるものは／そこにそうして／あるのだ〉というようなフレーズもまた、同じ意味で限界のみとめ方だったといってよいだろう。

　鹿野武一はそのなかで、ただシベリアの強制収容所にしか存在しなかった人物として登場する。

「昭和二十七年五月、例年のようにメーデーの祝祭を終ったハバロフスク市の第六収容所で、二十五囚鹿野武一は、とつぜん失語状態に陥ったように沈黙し、その数日後に絶食を始めた」

　これが一九七〇年に書かれた「ペシミストの勇気について」ではじめて姿を見せたときの鹿野武一である。物語風の語り口と劇的な参入によって、作中人物のようにとったとしても、あながち読み手のせいとはいえない。しかもその絶食を、鹿野は市内の建築現場で黙って働きながらはじめたため、周囲の者が気づいたときにはすでに二日を経過していた。石原吉郎はこんなふうにして、苛酷な強制収容所生活をとおして、人間として皆んなが凄まじいまでに均らされてしまった状態にあるなかで、それを拒絶するという発想を終始もちえたただひとりの男を登場させる。そして彼こそが明確なペシミストであったと言い切る。このばあい、ペシミストとは何かという問いかけもムダだろう。なぜなら、そこに鹿野武一を存在させることで、ペシミストという概念もまた創出されたと思わねばならないからである。

　それにしてもなぜ、石原吉郎は鹿野武一の登場を必要としたのだろうか。率直にいって、鹿野武一という人は文字どおり石原さんのそばにいたんだなあ、と実感できたのは、のち、「ペシミストの勇気について」と同じ内容のことをテレビで語るのを聞いてからであった。「帰国して翌年亡くなりました、心臓麻痺で」と聞いて、ああなるほどこの人はほんとうにいたんだな、と思ったのだった。

生きる意志をみずから放棄してしまった人、ゆえに一ばん死に近い場所にいつも立ちえた人、石原吉郎の語るシベリア強制収容所における鹿野武一像は、突きつめればこの一点に要約される。対照的に石原吉郎はついにその意志をもたなかったがゆえに、かけがえのないものとして、シベリアの記憶もまた、鹿野の追憶によって保たれることになった。

そういえば、私はたしか、これはフォークナーについてのC・E・マニイのエッセイだったと思うが、「現在というものは、過去のある一片の未来に過ぎない」と書かれているのを読んだことがあった。真の過去にたいして現在とは何とみすぼらしいものだろうとも書いてあった気がする。

石原吉郎にとって彼が生きのびた帰国後の時間もまた、真の過去にたいしてみすぼらしいものであったろう。そこからシベリアのイメージはスタートするが、するとそこにすでに死んでしまった鹿野武一が、もっとも色濃い原液として姿をあらわしたのである。かけがえのないものとは、このばあいには石原吉郎自身生きるための遠近法のようなものと思ってよいと思う。ただひとりの読み手としての私自身の実感では、鹿野武一の明晰な目は、どこまでも作中人物のものであり、かなうことのない神の目であった。そのような鹿野を、ひれ伏すように創出していく石原吉郎のこだわりにこそ焦がれたのであった。さて「ペシミストの勇気について」はつぎのように閉じられる。

「このような人間が戦後の荒涼たるシベリヤの風景と、日本人の心のなかを通って行ったということだけで、それらの一切の悲惨が救われていると感ずるのは、おそらく私一人なのかも知れない」

なるほど。しかし、これを読んだときの私は、この救われるという感覚にはまるで気づいていなかった。『夜と霧』への接し方もここにあったことに気づいていなかった。

石原吉郎読みということ

石原吉郎に関するかぎり、石原吉郎読みという読み方があってもいいのではないだろうか。中原中也の詩にたいする石原吉郎読みというぐあいに。

そんなことを思ったのは、最近よく取り沙汰される豊原清明の詩集『夜の人工の木』の中原中也賞受賞をめぐって、これを選者のサイドからみると、たいへんむずかしいところの決断だったな、とも思われたからである。「緑」一篇を参考にしてもよい。

僕はしぜんが欲しかった
やがて革命が起こるだろう
発狂をしないように
小さな子供を

草に転ばせる
冷たい地獄のこの暑さよ
僕は色々な旗を持っています

これなど、この詩がほんとうに面白く見えるのは、いわゆる中也読みをやったときではないだろうか。

「詩が生まれるのは情愛からだが、情愛は持たうとして持てるものではない。持たうとして持てるのは、やはり労働だ、——つまり批評精神の活動」

「私は生活（對人）の中では、常に考へてゐるのだ。考へごとがその時は本位であるから、私は罪なき罪を犯す」（傍点筆者）

いずれも中也の日記の一節だが、こういうばあいの〈労働〉〈生活〉などという中也独特の用語法が、私のいう中也読みのばあいの端的な一例となる。たまたま必要あって、今私の手元にはマルクスの経哲ノートの文庫版が置かれているが、そこでつかわれている労働という語の本来性と、中也の労働とのあいだに千里の距りがあるのはいうまでもない。

そしてこの、中也的な用語法のもつ独断やあいまいさ、未了性の魅力が、「緑」のなかの革命、発狂、地獄、旗の用語法にそのまま引き継がれたところが、私にはたいへん魅力的にうつったのである。そこで実体が不透明なのはたしかであり、ひょっとしたら初期中也詩篇もそうであったように、書きなぐりされただけかも知れず、だからこそ、北川透の、「この人はまだ、いわゆる現代詩をほとんど知らない。それがとてもいい」というような感想につながったのだろうと思えたのである。それだけにすでに中也の枠をこえているとか、イメージの造型力におどろくなどという批評に出喰わすと面喰らってしまう。

さて、そこで石原吉郎はどうだろうか。

わかったな　それが
納得したということだ
旗のようなもので
あるかもしれぬ
おしつめた息のようなもので
あるかもしれぬ
旗のようなものであるとき
商人は風と
峻別されるだろう

（「納得」）

清水昶は「サンチョ・パンサの帰郷」という石原吉郎の解読を試みた文のなかで、何もかもがむなしく徒労にみえた六〇年代はじめの大学生活時代、読んだばかりの「位置」という詩を、文学サークルの部室の壁に張りつけ、これから動こうとする自分の位置について考えつづけたという体験を書きつけているが、接近のしかたとしては、もっともまっとうで誠実な石原吉郎読みになるだろうと、今も私は思う。だが、これも今からの反芻だからいえることだが、方法的現代詩の立場からどうであったかということになると、多少事情は変わってくる気もする。冒頭部だけを紹介したこの「納得」という詩にしても、喩法だとか造型力にあえてこだわった視点から強いて眺めるなら、かなり大きなところで恣意的であることに気づかされよう。冒頭二行の断言がそうであり、〈旗のようなものであるとき　商人は風と　峻別されるだろう〉というような比喩によって、この一篇が一貫しているわけでもない。

　つまり私たちがこのとき石原吉郎の世界にみたものが、けっして方法的なものばかりではなかったということが、今あらためて私には興味深いのだ。自分の動くべき位置を考えたいと、そのとき若い清水昶が思ったように、石原吉郎の詩のなかにあったものは、定義を持たない位置であり、それこそ、ごろりと投げ出された丸太棒のような存在ではなかったろうか。「納得」それ自体についても同じことがいえるだろう。冒頭二行に、脅迫まがいの戦慄を感じとったとしてもかまうまい。この時代の圧倒的に否《ノン》の思想状況に身を置いてみるとき、「納得」の定義もまた、読み手の内面でどのような反射弓を招くことになるかは容易に察知できる。頬を激しく引っぱたかれたように。ようするに覚醒されたのだ。読み手の恣意性が、これほどまでに高温に保障された例は、近代のなかでもほとんどなかった気が私はする。理由はいくつもあげられようが、ひとつをとれば、詩であれ小説であれ、作品に接したり読むということは、その作者の考えや感性に沿うことだという、暗黙裡の約束がながく支配的だったことがあげられよう。そこへ石原吉郎の言葉は、石原吉郎自身が何を考えたかを別のこととして、そこを引き裂くものとして、突如として実現したのであった。うまい説明ができないが、ようするに、虫喰い問題を思えばよいだろう。見てくれの凛しさとは別個に、無数の穴埋め作業もまた用意されており、読み手は自分の恣意性によって、自由に言葉を嵌めこむこともできたのである。

自分の存在する場へことごとくを置き換える。この読み手との交換可能の実現のさせ方が、状況詩としての石原吉郎独自のものであった。共感を作者のがわへ呼びつけない。石原吉郎が、シベリアラーゲリ体験をゆいいつの想像力の故郷にしたことは、逆にいえば、どんなふうな言葉で語ろうとも、封印されてこじあけることのできない、言葉のおよばない現実が存在したということであった。そこで、それ自体思想的言語といってしまってもよい、読み手とのあいだの虫喰いが実現されたと思う。言葉をかえれば、そこは体験の孤独としか呼びようのないものでもあろう。しかし、そのあたりまえのことが、石原吉郎のもたらした熾烈のひとつであったように私には思えてならない。

中原中也の代表作のひとつに「冬の長門峡」という晩年の詩がある。〈長門峡に、水は流れてありにけり／寒い寒い日なりき〉にはじまる二行六連構成の短かい詩である。一九六八年夏に完結した堀田善衛の自伝的小説『若き日の詩人たちの肖像』のなかには、この詩をいつも朗誦していた、教室からじかに拘引されて警視庁の地下室で殺されてしまった学友のことが出てくる。

「あゝ！――そのやうな時もありき、
　寒い寒い日なりき。

うそ寒く、悲しみや寂寥を越えて出たような、むしろつまらなそうな口調で言い捨てたものであった」

この詩も中也自身に即すなら、生まれて二年で亡くなった息子文也にささげられた鎮魂歌のひとつであった。中也は生身の外部現実には皆目といっていいほど疎い人であった。みごとな石原吉郎読みといってよいだろう。つまり、この小説のなかの若者も、六〇年代から七〇年にかけての若者たちが経験したのと同じ、虫喰い読みをやったのである。動いているのはすべて外の世界であり、気がつくと夕陽は欄干にこぼれているという不動の姿勢には強い死への誘《いざな》いがあり、初期詩篇の独断やあいまいさはもうない。しかし時代の死に巻きこまれていく若者の屈折した心情を反照する言葉は生動しており、近代詩のなかでも稀な存在になっている。

用語法に限定しても、私は中也と石原吉郎のあいだには多くの類似があるように思われる。もっともそう思ったのも、ずっとのち中也についての長い文を書いてからであった。

飢餓再説

石原吉郎のエッセイのひとつに「ある「共生」の経験から」というのがある。シベリアの強制収容所生活のなかでも、待遇がもっとも苛酷であった入所一年目の、当時ウクライナ地方を襲った飢饉のため、食糧事情が極端に悪化した時期のことを書いたものである。食器もまた不足していたため、二人ひと組みとして旧日本軍の飯盒の三分の一にも満たぬところに支給される粟粥を、どうして二人がまったく公平に食べるかなどを克明に書き綴ったエッセイで、そこを奇妙な共生の経験としたあと、「これはもう生活の智慧というようなものではない。連帯のなかの孤独についての、すさまじい比喩である」と、のっけにこう結論している。

いうまでもなく共生とは、別種の生物がひとつどころに棲息して、たがいに利益をえて、共同生活を営む状態を指す言葉である。石原吉郎の経験では、おたがいがおたがいの生命の直接の侵犯者であることを確認し合ったうえでの連帯であり、ゆるすべからざるものを許したという、苦い悔恨の上に成立する連帯であり、人間のあいだの安易な直接の理解もなく、なにもかもおたがいわかってしまっているそのうえで、かたい沈黙のうちに成立する連帯ということになる。この連帯という言葉の場処に、生物の棲息様式のひとつである共生という語をそのままかぶせたのであり、用語法からいっても、これ自体苦渋を強いた選択ということにもなろう。

さて、このエッセイを読み返していて、あらためて気づかされたことは、これもまたひとつの飢餓論だということだった。この点では石原吉郎が愛読したフランクルの『夜と霧』や大岡昇平の『野火』についても、同じことがいえようが、それがはじめて読んだ六〇年代の終わりにちっともそんなふうに見えなかったのは、石原吉郎の眼差しが一貫して、生の意識のがわから注がれていたからである。あるいは同じ時期に書かれることになる、鹿野武一を登場させた「ペシミストの勇気について」や、言葉が失われて失語の状態になり、さらに失語から沈黙へ蘇生する経験を描いた「沈黙と失語」などという向日的なエッセイが、共生という、人間の存在のありかたを奈落に突き落とすやり切れなさから、無意識裡に救いあげる役割を果たしていたといいうるかも知れない。

面白いのは、今このエッセイを、仮に飢餓論として読み返したにせよしなかったにせよ、説得力をもって浮かびあがってくるのは、このばあいも石原吉郎独自の叙述法ともいうべき箇所である。そのひとつが、今のべた連帯というような、石原吉郎が日本に帰ってから体得したであろう、用語法による再生の仕方である。共生の場処とは、そこもまたまぎれもなく人間でなくなる場処であったろうが、その状況を再生するのに、連帯、孤独、模索などという思想的流行または縁語を随意につかったことは、読み手の虫喰い読みをより容易にする一方で、飢餓論として固定化させることをはずす役目も果たしたように思えるからである。いま一点は、まぎれもなくここには、石原吉郎自身が作中人物としても登場していることであった。つまり私たちは、ひとつの飯盒から、どうして二つに公平に粥の密度もふくめて分配するかを、息をこらしてのぞきこんでいる対手のもうひとりの男の像に、石原吉郎自身を重ね合わせてもよかったのである。連帯などというきざな言葉がここで容易に受け入れられリアリティをもったのは、まさにこの施餓鬼のような場面に、石原吉郎自身コミットしているのが見届けられたからであった。

そういえば、石原吉郎に先立って読んだ本の一冊に、堀田善衛の『インドで考えたこと』という新書版があった。そこではカルカッタの印象についてつぎのようにのべられていた。

「街頭のいたるところに、人間がごろりと寝ている。なかには死んだ人もあるかも知れないが、人間は、どこにごろごろ寝ていても、決して物になることは出来ない。人間は、どんな環境のなかにいても、砂漠にいようが水上にいようが、カルカッタの街頭に寝ていようが、それで幸福だろうが不幸だろうが、そんなこととは一切かかわりなしに、どこまでも人間は人間であるという、単純な、そして人は恐らくバカげた云い分というものだというだろうが、この単純な命題が異様な迫力をもって私にせまってきた」

戦後的な発言の、もっとも美しいもののひとつとして聞きとどけてよいだろう。ここから、石原吉郎にたいする私の感想を引き出すなら、ごろりと寝ているがわのひとりの口をとおした、生活術のもっとも深いところに下降した堀田善衛の声を聞いたのである。だが、だからといって、それが重なるということではけっしてない。

『死にいたる飢餓』をはじめとする黒田喜夫の飢餓についてのノートの多くは、石原吉郎に先立って書かれている。六〇年代、黒田喜夫から石原吉郎へと読み継いだ詩人は多い。黒田喜夫の飢餓論の骨格はつぎのようなところに読みとることができよう。

「人間には、飢えがただ飢えであることなどはあり得ないのだ。まして、社会変革の行動に参加する者がたとえどんな階層・位相から出発するのであれ、正義にかかわらないでそうするなどということはあり得ない。人間にとって胃袋の飢えは、ほとんど直ちに心の飢えであり、心の飢えは、ほとんど直ちに精神の別次な動きにつながっている。飢えた人間は、動物の、生存の、絶対の法則にとらわれながら、動物の飢えの自然に没入することはできず、彼の飢えは、飢えへの恐怖や苦悩やそこからの幻想に必ずひき裂かれずにいないものだ」（「詩は飢えた子供に何ができるか」）

黒田喜夫の飢餓論が状況論として発語されていることはこれでわかろう。そこから生涯的な飢餓病患者の子「あんにゃ」（東北地方の貧しい小作地すらもたず、他家に隷属奉公し、他人の土地を耕してかろうじて生きている人）存在から見えざる男へ、引いた文のなかの言葉でいえば、社会変革の行動に参加する者へというコースが設定された。これを書いた頃、黒田喜夫はすでに永く肺を病んでおり、スターリニズム党とのきびしい応酬もあって、それ自体独自の悲劇的相貌を帯びて、多くの若者の心にくいこんだものである。

この時期のもっともすぐれた代表的な飢餓論であるが、それを今問い直すとき、石原吉郎の共生体験が、黒田喜夫のいう、「飢えた人間は、動物の、生存の、絶対の法則にとらわれながら、動物の飢えの自然に没入することはできず」というまさにその一点から、共生という生物の経験に即して書かれていたことは注目されよう。私が飢餓論といった由縁であるが、たしかに、ここで自分自身をふくめた囚人たちの存在を、生物の生き方にまで下降させた地点から石原吉郎は見たのである。

つまり、石原吉郎の連帯とは、ここでは思想や情緒の結果からではなく、自分ひとりの生命を維持するために実行されるものとなる。動物の飢えの自然に没入することができないのではなく、逆にそれと平衡感覚を保つことによって、窮極は人間として命拾いしたことにもなる。不信感こそが人間を共存させる強い紐帯であるという認識は、日常化（一過性ではだめだということ）した飢餓状態（ないしはそれに類したもの）以外からは、けっして手に入れられぬものであろう。

黒田喜夫の用語法としての人間は堀田善衛に通底している。石原吉郎がそこを剝ぎとっていることだけはまちがいない。

清水昶と六〇年代

（谷川雁、黒田喜夫を先行させつつ石原吉郎へ、そこへ「荒地」的（このような述べ方には多くの危険がともなうだろうがあえて承知のうえで）な原液を色濃く映し出すことではじまった六〇年代詩があったことはたしかであり、そこをもっとも鮮明に浮かびあがらせるひとりが清水昶であるように思われる。たとえばこの時期の代表作のひとつに数えてよいであろう「我が荒地」を見てもよい。

わたしのささやかなしぐさを認めよ
一杯のにがい霧をのみほす朝の口から
夜の虚ろな性の銃口まで
娘の両脚で閉じる淫蕩な果実から

わたしのぶ厚い農夫の耳まで
帰らぬわたしの少年は
にぶい陽を吸った土壁の破れから
切れるような眼で地平線を睨んでいた
切れるような飢えに水滴を浮かべ
やわらかな食道を素通りする行商の魚屋が残した
ひと握りの海をほろにがく食べていた

冒頭二連だけだが、ここでは暗喩の質、リズム、土壌となるべき思想的なものをふくめて、谷川雁と黒田喜夫の落とす翳が濃厚である。といって、何もそのことで私が清水昶を論難しているのでも、オリジナリティの減殺をはかろうとしているのでもない。状況意識を媒介にしているとはいえ、これほどまでの蜜月をもって展開された、五〇年代から六〇年代へかけての詩のラジカリズムのことが思われたのである。

こんなふうに言ってもよいだろうか。谷川雁や黒田喜夫が、外部の世界と心理的な内部の意識との葛藤をとおして獲得した、思想的自我の顕現ともいってよい喩法を、六〇年代中葉に出立した清水昶は、自分がげんに生きている時代に照応させつつ、読書の段階で自分の感性に融和させつつ、そのはらはらさせるようなみずからの機微に反照させたのである。そのひとつを、引いた詩のなかで探るとすれば、〈帰らぬわたしの少年〉とは何かと問うてみたりすることになろう。これだけで、退路を絶たれたものの十分な虚無を思わせるが、そこに〈ぶ厚い農夫の耳〉や〈にぶい陽を吸った土壁の破れ〉という、五〇年代詩のなかで思想的に醸成された感度の高いイメージを参入させることで、独自なアイデンティティへと昇華させたのである。こうなるともう清水昶独自としかいいようがない。どこか甘酸っぱい芳香を漂よわせる、彼の思想的抒情詩ともいうべき世界は、一面ではこうした五〇年代詩にたいする、清水昶自身の誠実さによってまっとうされたものだからである。

と、ここまではまぁ、これまでも思いつづけてきた清水昶観に属するが、今回いろいろ読み返しているうちにふとあらためて気づかされたことがあった。それは、同時代詩人へのこれほどまでの衝迫力《インパクト》の激しさにくらべて、清水昶の出立のばあいには、逆におよそ近代的なものはみごとにたち切られていたな、ということである。つまり、谷川雁や黒田喜夫を読みとおすのと同じスペースをもって、朔太郎であるとか中原中也、もっとさかのぼるならば啄木や光太郎らが、いっさいたち切られているのだ。五〇年代までの戦後詩を概括しても、戦前のモダニズム詩からプロレタリア詩、あるいは「四季」派の抒情詩まで、否定的契機をふくめてさまざまなバリエーションによる影響が見られたなか、清水昶を手がかりとするかぎり、たしかにぷっつりと途切れているのだ。ここはやはり注意深く見ておく必要があろう。

おそらくこのことは清水昶自身に関してなら、彼が変革の論理を求めて動こうとしていた、ひとりの政治青年であったことによって説明されよう。近代の文学者のほとんどがそうであったような、読書好きの文学少年からすんなりと書くがわへ移ったというタイプではなく、彼のばあいには、先行態のなかに、詩が自前の情熱で政治に接近しようとしているのを見た結果、そこがもし無意識的だったにせよ、詩のなかの政治を見つめ、政治の位置の取り方から詩にぶちあたったのだ。ただ、そのような詩にぶちあたったとき、その詩はすでに詩と政治との関係のなかにあって、すぐれて政治にたいして否《ノン》の位相をとっていたことは、清水昶にとっては大いなる僥倖であった。言葉をかえれば、清水昶のばあいの先行する詩とのアイデンティティとは、じつに彼の心的世界にあっては、詩と政治が混線した結果得られたものではなかったろうかと私は思い、そこが僥倖だったたとも思う。

そのことを端的に物語るのが、一九七一年に書かれた「詩の辺境」というエッセイである。最初の評論集となった『詩の根拠』の冒頭にも置かれているから、清水昶自身モニュメント的エッセイと考えているとみてよいだろう。こんなふうに書き出される。

「だいぶ長いあいだ話をしていない。わたしが軽い失語症に落ちこんでいたとき、きみはもっと深い病いの底にいたのか。とにかく音信が切れた。

すさまじい風化だ。当然、日常とは惰性の異称だが、惰性の日常を凝縮する観念が良く視えぬ。肉体に閉じられた血の観念が出口を求めて迷っている。ただ迷ったまま血は老廃している。

肉体のへりを少しでも裂いてあふれだすことはできないものか。もの狂おしい予感。予感を予感として恋い願う内に恋の唄も忘れつつある。酒はもっとも近い友となった」

これを書いているときの心中を、文中から額面どおりに察するなら、非日常への憧れと、見渡すかぎりの挫折感といってよいだろう。そういえばこれに先立ってこんなふうに書いたこともあった。

「わたしは今まで集団内部の人間に裏切られたという記憶はない。それより以前に集団の持つ言葉に見切りをつけてきた。あるいはそのような言葉そのものに裏切られつづけて来たといった方が正確かも知れない」(「求道としての詩」)

ここには清水昶独特のレトリックがあって、言葉に見切りをつけたということと、言葉そのものに裏切られつづけてきたということとは、ごくふつうに考えるなら、どうみても同義語にはならないはずのものである。それを理解したいとするなら、双方の意識が同時にあるものというふうに解釈してみるしか手がないであろう。そこが興味深いところで、私が詩と政治の混線と呼んだところでもあった。清水昶にあっては元来、そのどちらもが読書体験のなかから生成されたものであり、ゆえに同時存在が可能になり、六〇年代中葉において、新しい世代のひとつの旗手として、独自のロマンティシズムを生み出す礎にもなりえたのであった。

それにしても、集団内部の人間に裏切られた記憶がなく、集団の持つ言葉には見切りをつけ、言葉そのものに裏切られつづけてきたこともたえず自覚しえたほどの強烈な個に、どうしてこうまでも荒涼たる挫折の光景が広がったのだろうか。どうしてそこへ詩の言葉を運ばねばならなかったのか。

そうなるとそれは、もはや挫折への信仰という状態なのではないだろうか。いうまでもなくこれは、ドストエフスキイが『白痴』のなかで、「ぼくらはただ無神論者になったではすまされない。無神論をまるで新しい宗教のように信仰する」と主人公ムイシュキンに語らせた言葉のパロディに過ぎないが、私自身は、総体的な戦後の日本の社会の負は、この無神論への信仰にあったと思っている。挫折への信仰もまたしかり。そして清水昶がその強烈な顕現者のひとりであったことはまぎれもない事実であった。そのつけはたしてどこへまわすべきか。

初期北川透考

この時代（六〇年代）を主舞台として登場する新しい世代から眺めるとき、六〇年代のはじめは、五〇年代詩、とりわけ戦後詩的なものを積極的に眺望することで新しい詩風土の構築を目指すか、それときっぱりと切れたところに表現の可能性を模索するかで、大きな分岐があったように思われる。その分岐を両極へ引っ張り抜くなら、さしあたって前者の旗手として浮かびあがるのは、当時から詩史論的な視座をもって歯切れよい同時代評を展開していた北川透のような人であり、後者は「凶区」の天沢退二郎とか、プアプア詩を書いた鈴木志郎康のような、いち早く表現に一領域をあたえた人たちだったともいえよう。

北川透は一九六二年夏、同人誌「あんかるわ」を浮海啓とふたりで発刊するが、そこへ出発のことばとして、マニフェスト風のつぎのような言葉を書きつけた。

「いくつかの権威が音をたててくずれおちた戦後十六年余の歴史過程のうちに、自らの精神的形成をはからねばならなかったぼくらの世代は、いまさらながら、一つの権威に自己の主体を売りわたすことで、人間への連帯をはかろうとは思わぬ。疑似的な連帯のしらじらしい結末は、一つの権威が、落ちた偶像と化することによって、おびただしい数の偶像崇拝主義者と現状維持派を拡大再生産してきた。真の連帯とは他者を拒絶することによって生み出される創造の関係のことである」

ここで私は鮎川信夫の「われわれにとって唯一の共通の主題は、現代の荒地である。戦争と戦争に挟まれた時代に生き、一度は戦場に生身を賭けたわれわれは、今もなお暗い現実と引き裂かれた意識から脱することが出来ずに、冷たい戦争の成行きを見守っている」(「現代詩とは何か」)というオクターブの高い発言や、「荒地」グループのマニフェストである「Xへの献辞」を思い出すことができる。屈折し、内面化された詩意識のことである。そして、今、私自身も六〇年代初頭のその時間にもどるなら、「荒地」的なものの踏襲をふくめて一行一句たがわず、北川透が書きつけた言葉に共感する。

この共感からひもとくかぎり、戦後の荒廃した国土のなかで、強力な国家権力の前にあえなく引き裂かれるしかなかった自己意識を前提にした絶望の詩意識と、あらためて国家の権力支配の強大さに目醒めざるをえなかった一九六〇年世代の安保闘争終焉後の挫折感とは、とりわけ六〇年代世代のがわからは、ひとつの相似形の心的事実が存在したといえるだろう。誤解を怖れずにいえば、敗北を共有することで所有しえた類としての希望である。

つぎのことに着目してもよい。「出発のことば」の用語法のことである。当時の政治論、状況論と同じ使われ方がしている。疑似の連帯がいわれたあとに真の連帯が置かれているのがその例となろう。〈連帯〉という言葉の、従来的な意味・効用から無化させるというふうには、まだ動いていないのである。石原吉郎がのち、そのシベリア強制収容所生活の経験を通じて、自分ひとりが生き残るために、共生という生物の生き方にまで下降させた際につかった連帯というようには、用語法の変容はおこなわれていない。

その点で、北川透という時代の突端を担ったすぐれた表現者にとって、この「あんかるわ」がきわめて大切な詩意識の展開の場になったにもかかわらず、それとは裏腹に、すくなくともスタートを切った時点では、まだきわめて政治的状況的な心情のうちにまず詩人自身がおり、むしろその自己検証をとおして、詩の深層化がはかられていったといってもよいだろう。このあたり私自身の自分への回想ともつながるが、後年北川透自身、「同世代の東京の詩人たちとは比べものにならないほど、安保闘争をになった政治の内側にいたのだと思う」(「わが執着われら難破船」)といっているのがよくわかる。もともと戦後史の過程では、政治と文学とはいつでも混線模様のまま、表現史の流れにつきまとうという状況があった。その混線が自覚されるというふうにあらわにされたところに、六〇年代はじめの突端部分の特徴があったといってもよい。言葉をかえれば、前章で清水昶についてのべた、彼が変革の論理を求めて動こうとしていたひとりの政治青年であったこととも通底しよう。彼が政治青年であったのではなく、政治青年になることによって、詩へぶちあたることが可能な六〇年代の位置取りに正鵠をえたのである。その点で、清水昶のいう「すさまじい風化だ」という状況認識は、「出発のことば」の「疑似的な連帯のしらじらしい結末は……」に照応するものであり、そこでは彼もまた真の連帯を夢みたひとりになるのである。

こんなふうな見取図のなかで同時代の北川透を思うとき、やはり一ばんに刺戟的なのは、先にのべた分岐を両極に引っ張り抜く過程で彼が見せる振幅のまぶしさである。「不幸の仮構」という鈴木志郎康を対象としたエッセイがある。ここでは鈴木志郎康がテレビカメラマンとして、たまたま三年間広島に在住した経験をもとにして書いた、「ヒロシマの生命」を枕にしている。ヒロシマのエッセイのなかで鈴木は『原爆体験記』を読んでいて、そこで奇蹟的に生き残った被爆者が発した〈団欒〉という言葉に、同じ体験記がつぎつぎとかもし出す悲惨な情景と思いくらべて救われたような気がした、と記したあと、今まで自分が感じとっていた団欒への反撥ないし否定のイメージにたいし、積極的に価値観の転倒をくわだてている。北川透はそこに着目する。「被爆者が《団欒》を内側から生命が存在する場として求めているのに、自分の場合は、それが生命の抑圧される場に他ならなかったという鈴木の愕然とした思いは、更に被爆者の《団欒》のもつ意味の考察へと及んでいくのだが、ぼくはここで鈴木が思想に生きる側の人間として、生活の側に、つまり非思想的に生きる生活者大衆がかかえているまったく異質な日常性の意味につきあたったのだと思う。そして思想者といえども生活者大衆として、生活の場では生きているということでは、自分の内部の日常性の二重の意味につきあたったというべきだろう」

ここで再々度「出発のことば」にもどると、団欒の考察をとおしてえられた二重の意味にたいし、まぎれもなく一重につかわれていることがわかる。しかもそこでは鈴木志郎康が、それまで自分が抱えていたという、〈団欒〉にたいして否《ノン》としていたのと同じつかわれ方、北川透の言葉でいえば思想者という一面だけの片肺飛行をしているのがわかる。それにしてもこの時期、鈴木志郎康が提起したみずからの団欒イメージへの異議申し立ては、先見性としても大事なことだったと思う。同時に、今からみれば何でもないことのようにみえるが、北川透が指摘した二重の意味も大きかった。自分の内部の日常性の二重の意味とは、むろん言語の二重性へのメッセージとして受けとってよいだろう。その点ではじめにのべた六〇年代の分岐とは、一方では非日常と日常のウエイトの差の分岐でもあり、北川透の振幅のまぶしさとは、そのアイデンティティの求め方にあったように思えるのである。

よい意味にもわるい意味にも、非日常のベクトルが戦後詩の流れであった。政治と文学の混線といったが、非日常性が矮小化されるなかでの混線状態もあり、安保闘争敗北の過程で白日下に晒されることになったのである。

初期北川透の悪戦のようすはよくわかる。あたえられない定義ともいうべき用語法の過渡期があり、批評の分野をふくめて、現在にも続いていると思われるからである。

吉岡実の登場

とりたてていうほどでもないが、今までずっと愛用してきた蔵書のひとつに、一九六〇年十月二十日の日付をもってはじまる東京創元社版『現代日本名詩集大成』というのがある。『藤村詩集』『天地有情』の新体詩から戦後詩にいたる代表的な詩集を、ほぼ原型のまま収録した集成で、ともあれその頃ようやく詩の魅力に憑かれ、詩史的な関心を持ちはじめていた私などにとっては、まことにうってつけのテキストになるものであった。もともとは二十巻として構想されたらしいが、最初の段階で内容が公表された十一巻までで完結している。そこに多少の事情もあったのだろうが、今になって興味深いのは、その十一巻目のしかも一ばん最後に、それこそすべりこむように、吉岡実の『僧侶』が収録されたことであった。

周知のとおり、この詩集は一九五八年ユリイカ版四百部として発行され、翌年のH氏賞を受賞した。そこがすべりこむように収録されたゆえんのひとつであるが、しかし今の時点から眺めると、その結果、この『僧侶』が掉尾をつとめたところが、六〇年代とば口の詩的状況を、かえってみごとに分割《タイル》させたようにも見えさせることになったことであった。ちなみに第十一巻にかぎって収録詩集をしるせばつぎのとおりになる。

谷川俊太郎『二十億光年の孤独』、山本太郎『歩行者の祈りの唄』、長谷川龍生『パウロウの鶴』、谷川雁『谷川雁詩集』、関根弘『絵の宿題』、黒田喜夫『不安と遊撃』、飯島耕一『他人の空』、岩田宏『独裁』、吉岡実『僧侶』。このなかにある一九五〇年代に詩意識を確立された新しい顔ぶれの掉尾を飾ったのも『僧侶』であった。

そういえば、私自身、田村隆一の『四千の日と夜』、三好豊一郎の『囚人』、黒田三郎の『ひとりの女に』なども、詩集としてはみなこの集成のなかで読んだ。編集者の時代感覚の明確さと、貧乏青年の身上という二点から、この企画はなかなかよいものであったように思う。そして、この時『僧侶』の解説で鮎川信夫はこんなふうにのべ、それも自分の関心をそっくり言いあてられているように見え、私は納得した。

「難解さという点では、谷川雁と比較される吉岡が、このような賞を受けたことは、昨年度の詩壇にとって一つの異変であったと言ってよい。しかし、怪奇で猥褻で醜悪で、二十世紀のスキャンダルのすべてを包むといわれるそのユニークなイメージは、読者の想像力への一種の挑戦として、強い好奇心の眼で迎えられた」

このあとへ続けて、方法としては風土化されたシュールレアリスムの趣きをもっていると鮎川は書いている。また、暗号の美学、高度な知的ゲームに接する愉しみがあるという木原孝一の見解も紹介しているが、ここでは強い好奇心の眼自身が、すでに鮎川信夫のものであり、木原孝一のものであり、「荒地」グループの眼差しでもあったといってしまってよいだろう。

さて、鮎川も書いたとおり、当時、暗喩の詩人として双璧をなしていたのは、たしかに谷川雁と吉岡実であった。同時に、谷川雁が時代的に少々先行した分、私などのなかにも谷川雁が喩の蕩児のような雰囲気を湛えて先行したものとしてあり、そこではたくみに音楽と合体することで成立させたロマンチックで愉悦に近い混沌が、若い私などの感性をしきりに揺さぶり続けていた。言葉と共に登場する仲立ちのような意識（状況との）もしきりに動いていた。つぎのようなフレーズはどうだろう。

海べにうまれた愚かな思想　なんでもない花
おれたちは流れにさからって進撃する
蛙よ　勇ましく鳴くときがきた
頭蓋の窪地に緑の野砲をひっぱりあげろ

（「おれは砲兵」）

ここで詩人によって呼びかけられている蛙が、彼が期待する未来の社会変革の担い手としての根源的な村（共同体あるいは辺境と詩人自身が呼んだもの）びとであることは疑いない。こんなふうに喩者としての谷川雁の詩は、音楽で包みこんだ非日常からの日常を捕え反転させるための、ある視点を設ければ暗喩を割ることも可能なことをあらかじめ想定させた、きわめて整序的に作動した喩であった。たしかにその喩法の高さによって、ヴァレリイとコミュニズムの鬼子と称されるなどもしたが、非日常性のベクトルが主流であった戦後詩の流れのなかでは、たえず正荷として稼働するものであった。でもここでは私は、よかれあしかれ、一度は谷川雁の立ったこの高処《たかみ》をちゃんと見ておかねばなるまいと思う。だからこそ、吉岡実の出現で、六〇年代とばロの分割が成り立ったのである。文脈上ここで言葉をつないでしまえば、同じ喩者として谷川と双壁に見られながら、吉岡実のばあいは谷川雁的なものの一切を欠落させていた。そこに鮎川信夫のいう好奇心の眼差しで迎えられた原因のひとつがあり、それがまた戦後詩からの眼差しにもなったのである。

このあたり、今風にいってしまえば、谷川雁をいくぶんロゴス風のタイプとして、吉岡実をパトス風のタイプとして見ていけば、あるいは見えやすくなる点があるかも知れない。だが、『僧侶』を知ってまもなくの頃、谷川雁の「厩の一角、兵舎の物音から遠く、つめたい乾草の匂に寝転び、馬達の大きな歯が燕麦といっしょにかみくだく夕べの協和音のなかで僕はよく思ったものだ。「おれも世界もこうして暮れてゆくのだ」と」(「題のないことば」)というふうな詩句のことを思いながら、極寒の満州平野で、輜重兵として黙々とたわしで馬の背をみがく、どこから見ても強そうには見えない吉岡実の兵士像を思い描いたことがあった。哄笑に近い親しみを感じたが、そういえば吉岡実の喩法では、ことごとく非日常が省かれているという言い方もできるであろう。たんに省かれているというだけではなく、戦後詩のなかで脈うった非日常が省かれているのである。

「苦力」という詩がある。馬の世話で明け暮れた兵士の生活の風景から生まれた詩である。

支那の男は走る馬の下で眠る
瓜のかたちの小さな頭を
馬の陰茎にぴったり沿わせて
ときにはそれに吊りさがり
冬の刈られた槍ぶすまの高粱の地形を
排泄しながらのり越える
支那の男は毒の輝く涎をたらし
縄の手足で肥えた馬の胴体を結び上げ
満月にねじあやめの咲きみだれた
丘陵を去ってゆく
より大きな命運を求めて

一連構成の詩のこれは四分の一ほど。これにはめずらしく自作解説があって、面白い語り方をしている。この詩ができたのは独身時代のある日谷川温泉へひとりで遊びに行って、他に客がなく、夜がふけるにつれ、無気味さに眠られぬ状態になり、気づくと目の前の崖の上に廃屋の窓が見えた。そこで朝が来るまで詩を書こうと試み、暁近く完成した。ここから以下はよくわかる解説になり、支那の男は当時の満人であるとか、イメージの原質が語られる。むしろわかりにくいのは、この眠られぬ温泉宿の一夜とこの詩のつながりである。ごく自然に見て、なぜ「聖家族」ではなかったのだろうかという気さえする。

だがここが吉岡実の醍醐味であった。私たちがほんとうに思わねばならないのは、鮎川信夫のいう怪奇で猥褻で醜悪で二十世紀のスキャンダルのすべてを包むはずのそのイメージも、じつは何でもないのっぺらぼうの日常から生み出されたという事実なのではあるまいか。私はこの時期、吉岡実の出現によって、日常性がはじめてまぶしく照り返されたという気がしてならない。その象徴が、彼が解説しなかった、宿から見た崖上の廃屋の窓であった。見たという事実であった。

吉岡実のひとつの読み方

吉岡実の出現によって照り返された日常性ということについては、いま少し突っ込んだ考え方が示されてよいかも知れない。その点で興味深い発言のひとつに、六四年におこなわれた鼎談による「吉岡実論」というのがある。天沢退二郎、岡田隆彦、長田弘という、いわゆる六〇年代詩人と目された人たちによるもので、当時としてはむろんもっとも斬新な世代からの発言であった。なかでも、今日読み返して、もっとも示唆に富んだ発言をしていると思われるのが天沢退二郎である。戦後との絡みの箇所ではつぎのようにいっている。

「モダニズムの洗礼と戦争体験――この二つの条件だけ見るとかれの蒙ったものは「荒地」と全く同じだよね。じじつかれは田村隆一なんかに相当な同世代意識・親近感をもっているらしい。ところがそうした条件の受け入れ方が、「荒地」の連中とはじつにちがうんだな」「戦争体験を真に詩的問題にした点では吉岡実のいき方をぼくは評価したい」

その前後でも彼は、『僧侶』の文体・スタイルの決定にあずかったものは、彼の大陸での戦争体験だろうといい、そのあとで、戦争体験といっても、よくいわれる意味での思想体験なのだが、と、但し書きをつけている。

ここで、微細ではあるが、問題が二つばかりせりあがってくる。そのひとつは、戦争体験を真に詩的問題にしたというときの、詩的問題は何かと問うことであり、いまひとつは、但し書きを必要とした、戦争体験という用語法の成立のさせ方である。

私もまたそれなりに、吉岡実の戦争体験は、「荒地」や戦後文学がになった戦争体験とは、日付は同じところにありながらもちがうと思ってきた。そのことを戦争期からすでに半世紀以上を経た、体験的にはとおざかる一方の現在時の眼差しから見てもよいと思う。限りなく身近かで具体的な戦争とは、もしそれをひとつのカテゴリーで括るとするなら、殺戮（みずからの死）、破壊、恐怖、ヒエラルキー絶対化の実行組織（軍隊）、等々を軸とする、圧倒的な非日常への傾きのなかで説明されるしかないであろう。戦後詩がもたらした用語法としての戦争体験とは、まぎれもなくそういう戦争における体験であり、そのこと自体は今日にいたっても変わったとは思えない。ただそれをになう状況と主体に変化があり、戦争の直接体験者から非体験者へとバトンタッチされるにつれ、アクセントの入れどころ、あるいはテクストに入れる傍線の位置がちがってきたのである。

天沢退二郎の真に詩的問題といったとき、この真とは、まぎれもなく六〇年代を標榜しての、バトンタッチされるべき世代の側からの（もっともこんないい方もいまだからいえることなのだが）アイデンティティを目指す信号だったのではないだろうか。と、すれば、歴史時間が進行するなかでの、その差異に最初に気づいたひとりということにもなろう。そうして時期をまったく同じうして、その差異があらわにされつつあった切れ目に向けて、戦争体験世代の側から、技法的には暗喩の相貌をたっぷり湛えながら、それこそぬうっと、もうひとつの異界からのように顔をのぞかせたのが吉岡実の世界であった。

知られるとおり、吉岡実が召集されて入隊したところは輜重兵であった。輜重とは、軍隊が必要とする兵器、食糧、被服、備品などを総称した軍隊ことばで、ようするに運搬と倉庫番が任務の部署であった。ここで彼は馬の尿と糞まみれの寝藁を素手で出したり入れたりする作業からはじめて、四年間の満州体験ではそこが最前線と繋がらなかった運も作用して、馬運動と称して、毎日のように馬に乗って高粱畠を駆けめぐる生活も経験した。

こんなふうに吉岡実がかいくぐった戦争体験とは、どこまでも後方基地であり、非日常で被われたはずの戦争体験とはちがって、軍隊生活体験と置きかえてもよいような、非日常がエアポケットに晒されたような場であった。このことは私は、吉岡実のような暗喩型の詩人にとってはひどく大事なことのように思う。ちょっとヨコ道にそれるようだが、かつて私はアルベール・カミュの『シジフォスの神話』を読んで、カミュが、シジフォスが神々の刑罰を受けて、休みなく石を頂上まで押しあげたあと、石はそれ自身の重さでふたたび転げ落ち、さらに落ちた石を拾いに下山するときにみせる、知られないつぎの苦悩をもつにいたるまでの休止の間を、意識の時間であると名づけたことに、強い衝撃を受けたことがあった。ここでカミュは、この神話が悲劇的であるのは、この神話の主人公の意識が目覚めているからであって、成功するという希望がないことで苦悩すると説いている。

吉岡実もまた直接の戦闘から遠ざけられ、遁れようもない単調でうだつのあがらない日常をあたえられたことで、彼が入隊以前に生活した厩橋の三軒長屋の生家の竹すだれや、天沢のことばでいえばモダニズムの時間を、意識の時間として、いくえにもいくえにも思い浮かべたであろう。あるいは、〈羊たちはのびたり縮んだり　廃園への道が見えなくなる〉というような、半ばは死をも覚悟して兄に託した詩集『液体』のフレーズを思っていたかも知れない。というのも、前章でものべた「わたしの作詩法?」にもあった、「無気味さに眠られぬ状態になった。目の前の崖上に廃屋の窓が見える。わたしは朝が来るまで、詩を書こうと試み、そして「苦力」が暁近く完成した」の場にこだわるからである。詩を書こうと試みると、兵隊で過ごした満州の体験がよみがえった。しかし、この自作解説にしたがうかぎり、それが暗喩の発生に向かったのではない。写生の手腕であり、ただ意味にゆだねるのではなく、視像化に向かい、そこへ俳諧の連歌のような歌い継ぎの手法を導入することで、最終的に一篇の詩に構成される。

この軍隊体験からかもし出される満州の日常的な原風景と、等価に再現される戦後日本の現在からのメッセージの交換可能な位置、すくなくとも戦後初期から六〇年代はじめの『紡錘形』にいたる吉岡実の修辞的な場には、こんなふうないい方も許される独自な位置があったように私は思う。かくて吉岡が展開した「荒地」との同時代体験は、「荒地」が戦争体験の悲惨な結末を重き主題としたのにたいし、吉岡のばあいは『液体』にいたるまでのモダニズムの再生に強いポイントを置いたことで、知らず知らずのあいだに分岐を強いたところに特徴があった。その強いたものも、けっして体系的なものではなく、なかば我流であったことが自在さを招くうえで幸いした。結果的には知的な整常的なものに汚染されない分、吉岡的なものの創出に役立ったのである。そのひとつが卵の形態に憧れるというような、より造形的具体的なものへの着目であった。

わたしの生きている今　わたしは触っているのだ　それはずいぶん過去の年月の愛と羊水の水圧に抑えられたまま　小さい袋での一囲いの卵として　水平にねむり　立った勢いでわたしは自分の足の爪を嚙んだ

これは「紡錘形II」の冒頭だが、こういう詩を読んでいて気づかされるのは、詩のなかの行為もまた、卵のかたちをしているな、ということである。「吉岡の世界の中で、詩人の目の前で卵がいよいよ重く、存在を深めていくんだよ。大岡信が吉岡実の卵に幽閉への願望を見ているが、反対だな」と、ここでも天沢退二郎の発言は面白い。同時にもう一点忘れてならないのは、石原吉郎にも感じたことだが、どこで書かれたかという、作品行為と作品が成立するリアルタイムの場もまた射程に入れねばなるまいということであろう。戦後詩の側からみた吉岡実の豊饒さは、その場（廃屋の窓が見える風景など）を紛紛させたところにある。

石原吉郎と俳句定型

何かと話題の多い辻征夫の『俳諧辻詩集』には、私も十分な関心をもっているが、といってい ささか意匠に傾きすぎるきらいもある俳句の適用法に、多少の危惧がないわけでもない。その点では私の関心はむしろ、戦後、「荒地」グループがT・S・エリオットの『荒地』を基層に詩意識の展開を図ったとき、なぜエリオットがそのとき下敷きにした、ジョン・ダンらの「形而上派の詩人」、フレイザーの『金枝篇』、さらにはイギリス十三世紀の伝承物語である聖杯伝説、つまり伝統と通底する方法的な部分を切り捨てざるをえなかったかと問い、あえて『荒地』をもと歌に、本歌取りの手法を再現した詩集『群青、わが黙示』をつくりあげた辻井喬のほうを向いている。この場合、辻井喬が指摘した伝統的なものの欠落については、それ自体が時代の相を物語るという一点から、その間に書かれた多くの戦後詩論をふくめて、いまいちど検討の対象にすることも必要だろう。

さて、このような、いわゆる伝統の欠落を背景にした情況のなかで、六〇年代、明確に自省的に自分の詩に引き寄せて、俳句にたいする興味を語ろうとしたふたりの詩人がいた。石原吉郎と吉岡実である。このばあい、石原吉郎が方法的に、吉岡実が修辞的にと、いくぶんその関心の示し方には差異がみとめられるにせよ、当初なかば恣意的な環境のなかで俳句に接近したこと、にもかかわらず、生涯その魅力をけっして手放そうとしなかったことなど、共通点が多いところも面白い。

このうち、石原吉郎は戦後ソビエトの政治犯として囚われの身となり、シベリアのバイカル湖西岸のバム鉄道沿線の密林地帯で苛酷な強制労働を経験したあと、アルマ・アタの収容所に移送され、ここで俳句の手ほどきを受けた。その彼には一九六〇年という比較的早い時期に、シベリア俳壇時代の延長で帰国後誘われて入会していた俳句結社誌に発表した、「俳句と〈ものがたり〉について」と「定型についての覚書」という、二つのすぐれた俳句エッセイがある。前者のエッセイでは、石原吉郎はみずから奇妙な情熱を感ずるといいつつ、写真を例にして、写真とは長い物語をある一点で切断した切口のようなものであることを前提し、そこへ俳句を引き寄せてつぎのように語っている。

「僕らが一つの場面に遭遇して強い関心を持つのは、それがかならず一つの物語をもつということ以上に、それが同時に無数の物語をもつということのためである。そのような同時性に対する関心が成立するのは、その物語を自己に関わるものとして見るという実存的関心の故であって、作品と読者が真剣に結びつく個所は、その一個所を除いてはありえない。それ以外の結びつきはもはや好奇心でしかない。この場合、俳句は否応なしに一つの切口とみなされる。俳句は他のジャンルに較べて、はるかに強い切断力を持っており、その切断の速さによって、一つの場面をあらゆる限定から解放する」

ここでいう解放とは、想像の自由、物語への期待を、切口という一点の邂逅をとおして読者のがわにあたえるということになるのだが、いま少し今度は後者のエッセイから、切口論に嵌めこまれた別の概念をみておくのもよい。

「俳句は結局は「かたわな」舌たらずの詩である。ということとは、完全性に対する止みがたい希求と情熱が、俳句を成立たせる理由と条件になっており、その発想法の根拠となっていることを意味する。しかも、この希求がみたされるということとは、俳句がついに俳句であることをやめることでなければならない。それが、完全性への希求を断ち切られた姿勢のままで立ちつくそうとするとき、俳句のあの独自な発想法が生れ、それがかたわであるままで、間髪を容れずもっとも完全であろうと決意するとき、句作はこの世界のもっとも情熱的ないとなみの一つとなる」

ここでかたわなとは不完全という程度に受けとめてよい。一つの切口に全機能を集約された俳句という詩型は、完全性にたいするやむがたい希求をその内側に秘めることで、不完全な舌たらずという構造に置きかえられる。一つの切口という見解が俳句の構造的な内側からの制度化であるのにたいして、不完全な舌足らずのほうは、詩という広いジャンルから見渡したときの、地域的な俳句のあり方という見方もできるだろう。それにしてもこの二つのエッセイは、もともと俳句についてか（非定型の）詩についてか、そのどちらがわから読まれるべきものとして書かれたのだろうか。石原吉郎自身そのどちらから書いたのだろうか。下世話ないい方もしておくなら、石原吉郎はこの時期すでに「荒地」の同人になっており、かつ、このエッセイを発表した俳句結社からは、シベリアをモチーフにした句がぜんぜん容れられなかったこともあってやがて退会している。

たしかなこととしてひとつだけ、こんなふうにだけはいえそうである。石原吉郎がこののち、俳句をつくろうとつくるまいとである。つまり（詩型をもたない）現代詩への一方的な考察からは、けっしてこのような切口ひとつをもってやみがたく完全性を希求し、その結果けっして、充たされることのない（あらかじめ挫折を想定しているような）不完全な舌足らずな形式へゆきつくような発想はけっして生まれてこないということである。

そこからことばを継いでこんなふうにもいえそうである。そこから体験から解放された石原吉郎のシベリア詩もはじまったのではあるまいか。

いうまでもなくシベリアから解放されるということは、体験として私的に身妊っているシベリアを投げ出すことでなければなるまい。

ここで少々飛躍めくが、先に一度書きつけたことのあるつぎのような考えを思い起こしておきたいと思う。「石原吉郎の詩のなかにあったものは、定義をもたない位置であり、それこそ、ごろりと投げ出された丸太棒のような存在ではなかったろうか」

この定義をもたない位置こそは、後代の世代に無数の虫喰い問題を解かせるように穴埋め作業を可能にしたのだとそのときは書いたのだが、いま、この俳句エッセイに即すなら、あるいはこんないい方もできると思う。ひとつの人生の切口の場面をあらゆる限定から解放することで、後代の世代であろうと誰であろうと、想像の自由、物語への期待に負うことで、百の物語になりうる。という意味で石原吉郎の詩はどこまでもひとつの切口を開示しているだけだ。

このラインに沿って今一度石原吉郎の初期の詩を探ってみるのもよい。

しずかな肩には
声だけがならぶのでない
声よりも近く
敵がならぶのだ
勇敢な男たちが目指す位置は
その右でも　おそらく
そのひだりでもない
無防備の空がついに撓《たわ》み
正午の弓となる位置で

君は呼吸し
かつ挨拶せよ
君の位置からの　それが
最もすぐれた姿勢である
（「位置」）

ここではシベリアが描かれていないことに注目すべきである。同時に切口という場面のみにうんと接近してみることである。
「納得」の冒頭六行をかかげる。

わかったな　それが
納得したということだ
旗のようなもので
あるかもしれぬ
おしつめた息のようなもので
あるかもしれぬ

この詩は全体を二行ないし三行に解体することが可能で、そうすれば水面下に隠れている不完全な舌足らずが浮かびあがるはずであり、そこを往路とすれば、一篇の詩としての合成が還路となるはずである。

　石原吉郎にとって俳句の体験は、シベリア体験にまさるともおとらないかけがえのない大きなものだったろう。詩法を獲得するための詩法そのものの喩の役割としても。そこが『俳諧辻詩集』に多少の危惧がないわけでもないといったゆえんである。

耕衣俳句と吉岡実

前章、少々風邪気味だったことと、書いているうちにテクストの範囲が広がりすぎたこともあって、少なからずまわりくどい文になってしまった。私のばあい癖があって、言葉化するにしても、対象とすべき内容が意識のなかで先にすすまれるとどうもぐあいがわるい。このあたりの後味のわるさが今もしこりになって、ここは前章と連動するだけに、何とか補修もしておきたい。

前章末尾で、石原吉郎の俳句体験は、詩法を獲得するための詩法そのものの喩の役割としても大きいといったのは、俳句が俳諧のかたちをとるにせよ、切れ、切字、季語といった技法的な約束ごとに立つにせよ、五七五の作品体で現代詩（非定型）に参入するのではなく、その形式のなかで煮つめられ試された言葉の質が、詩人自身の内実をとおして、その詩人のための現実《リアリテ》に姿をかえてあらわれる状態をさしたのである。切口とか不完全な舌足らずということも、それ自体石原吉郎の独想でもなければ発見でもないが、こういい切ったことが、石原吉郎の固有のメッセージになりえたことはたしかであった。「納得」などの作品で、二行ないし三行に解体することが可能だといったのも事実そのとおりで、このように解体することでそこをひとつの句とみるなら、句から句へと移りかわる連歌の手法に似たところもうかがえるのである。ただ連歌が全体としてのひとつの思想やプロットを求めぬのにたいし、石原吉郎のばあいはそこからが現代詩であるから、一篇の作品としての完結（自立）を目指すところがちがってくる。そこが俳句定型との交点でもあった。

さて、六〇年代、俳句に強い関心をしめしたもうひとりの詩人に吉岡実がいる。もっとも彼の関心それ自体の時期は早く、少年時代すでに『蕪村俳句集』を読んでおり、その後も虚子、茅舎、誓子、赤黄男、三鬼、楸邨、草田男、波郷から加藤郁乎までたえず読んだとあるから、俳句読みとしては石原吉郎よりずっと本格的であり、この定型律の身丈に寄り添っていたといってよいだろう。だがそこからさらに作品行為と結びつけるなら、やはり決定的だったのは永田耕衣の『吹毛集』との出会いであった。

「ある日、出入りの本屋さんが一冊の本を持ってきた。それが永田耕衣句集『吹毛集』であった。私にとって、それは未知の俳人であったが『吹毛集』という題名が気に入った。私は読みながら驚嘆した。誓子、波郷、草城、三鬼というこれまで読んできた俳人とまったく異質の鮮烈な個性を放つ作家を発見したからだ」（「永田耕衣との出会い」）と、まるで頰を染めぬくような書きとめ方が、何よりもその間の事情を物語っている。『吹毛集』

が刊行されたのは一九五五年十月、吉岡実にとっては詩集『静物』を刊行した二ヵ月後のことであり、三十六歳の秋であった。のち、『耕衣百句』を手ずから編んでいるほどだから、まさに衝撃的だったのだろう。なぜ耕衣の句に惹かれたか、今少し吉岡自身に語らせよう。

「諧謔味にあふれ、従来から読んできた、秋桜子や誓子それから波郷らの端麗な俳句とは、趣を異にしている。私はたちまち耕衣俳句に魅せられてしまった。ことに「天心にして脇見せり春の雁」が好きだ。ここでは時間・空間が一瞬うごきを止め、うしろを振り向く雁の姿のみが悠然と見える」（「耕衣秀句抄」）

このあと、文中の引用句よりもっと愛着する句として、連作「鯰笑図」七句をあげている。〈梅雨に入りて細かに笑ふ鯰かな〉が、その第一句である。

知られるとおり永田耕衣の俳句は、「身心脱落」という道元の言葉がぴったりする、東洋的無の境地に立つ俳禅三昧そのもの、「根源」に住み「物心」に遊ぶ句境といわれた独自の滑稽味をもつ世界であった。呪術的な妖気、素朴玄妙な諧謔、虚空的な寂寥とは、耕衣ファンの常套とあるが、面白いのは、この耕衣が多年憧憬私淑してきたのが西脇順三郎だったことである。何のことはない、こうなると吉岡実にも西脇順三郎の翳が色濃くみられるところから、ぐるりと一回転して、耕衣的俳句をくぐり抜け熟成をとげたところで、言葉がもういちど足元に帰ってきたことになる。

そういえば『静物』から三年のちの詩集『僧侶』をみると、前者を銅版画的とするなら、あきらかに後者には劇的で雄弁な造りがくわわっているのがわかる。その反面で、リズムがきわめて制御されているのは、そこに耕衣をはさみこむとずいぶんみえやすくなる。

四人の僧侶
庭園をそぞろ歩き
ときに黒い布を巻きあげる

四人の僧侶
めいめいの努めにはげむ
聖人形をおろし
磔に牡牛を掲げ

四人の僧侶
夕べの食卓につく
手のながい一人がフォークを配る

四人の僧侶

朝の苦行に出かける
一人は森へ鳥の姿でかりうどを迎えにゆく

作品「僧侶」一、二、三、四連の導入部である。四人の僧侶という単数が四つに分解されたりくっついたりする過程と、僧侶というイメージが醸し出す先験的な黒の感覚によって、私はバタくさい雰囲気をもつ水墨画を連想してきたが、醍醐味になるのは同時に、各連第一行に置かれた四人の僧侶のルフラン効果であろう。

ここでふたたび耕衣の「鯰笑図」七句を思い出すことになる。先に耕衣のことをいささか気難かしく書いたが、鯰、笑、図、のこの取り合わせだけでも、この俳人のもつ面目躍如は感じとれよう。「自然と人生に介在する多種多様の静物の世界で出会った「鯰」と「人」とを、さらに俯瞰する作者の立場から、はじめに鯰の笑いを言い、やがてこれを人に乗りうつらせ、ついには共笑いに至らしめる」とは、吉岡自身が引いている三橋敏雄の「鯰笑図」に寄せた文章だが、なるほどそのとおりで私にそれ以上のことをのべる力はない。そして、この「さらに俯瞰する作者の立場」もまた、吉岡実が「僧侶」でとった立場であった。ただしこの俯瞰は見下ろすという意ではない。一茶にも通ずる共に遊ぶをこめた見る立場のことで、耕衣俳句の骨法となるところであり、「僧侶」とはこの水平俯瞰をも手法としたのである。四人の僧侶のルフランも、「鯰笑図」七句ぜんぶに入っている鯰の用例に惹かれるところがあったはずだと私は思う。

こんなふうに吉岡実の俳句への接近は、石原吉郎が形式そのものの存在に眼差しを向け、より構造的なところで関心をしめしたのにたいし、きわめて実感的であり、恣意的であり、修辞的であった。同時に、石原吉郎の切口、不完全な舌足らずという見方にたいしても、よい意味で茫漠として、耕衣俳句についても、どこかまるごと飲みこんでしまうというところがあった。ただふたりとも、自分の詩法あるいは語法をめぐって、きわめて内省的なところで俳句を意識しており、まるごと詩のなかに俳句を運びこんだりするやり方とはちがっている。その点、もし、俳句の富ということばが許されるなら、かつてサンボリスムが音楽から自分たちの富をとり返そうといったのと同じ意味で、伝統詩への対し方としてはこちらのほうが本質的といえるだろう。

と、ここまで書きつけてきて、ふと思われたのが、戦後の風土のなかでシュルレアリスム的なものの果たした衝迫力《インパクト》であった。イメージ重視（偏向）はここから起き、リズムは伝統詩との役割分担のようなかたちをとって、非定型の現代詩のなかではより後退戦をになったのである。喩法の達人と目された吉岡実の耕衣俳句への接近と、その経験をとおしてのリズムのとりこみ方は面白い。俳句が今日ほどまだ騒がれない時代のことであった。俳句定型への接近の仕方のより根底的《ラディカル》であったことが、私にとっては魅力である。

清水哲男小考

先日、ちょっとした仕事で両国にある江戸東京博物館に出かけて、小木新造館長と話す機会をえた。『江戸東京学事始め』や『東京時代』など、江戸東京を一束にまとめてその歴史的連続《アイデンティティ》性を探ろうとする氏の試みは面白く、おかげでその行き帰り、いろいろ考えさせられることになった。

そのひとつに、卓抜した先見性とみごとな野人ぶりで幕末をリードした勝海舟のような人のキャラクターは、どうして今までその連続性のなかで語られなかったのだろうという疑問もあった。幕末のような変革期だからクローズアップされたのだという、突然変異のような解釈ではどうにも納得し難い。むろん従来の通史のなかからでも、当時の幕閣等のなかになにがしかの小海舟を想定することはできるだろう。しかしその傑物ぶりからは、やはり特異な天分肌を見立ててしまわねば、これまでのごくふつうの私たちの眼差しでは謎ときにならないのもほんとうだった。

そんなわけでこんななかへ、今もし小木氏のいう、江戸時代中期以降に江戸の町に花開いたサロン文化のパトロンたちの性向を嵌めこんだらどうだろう。例をあげると、絵暦や錦絵を創始したと伝えられる鈴木春信らを後押しし、おそらくは共同開発者でもあったろう一六〇〇石の文人旗本大久保巨川などである。大久保邸では主人の主催によって絵暦の品評会などひんぱんにおこなわれ、そこでは武家も町人も絵師も階層を問わず集まって歓が尽くされた。酒が入ったら建前の身分制などふっとんだろうという氏の語り口には生気がある。階層を乗りこえた交遊の場がかたちづくられ、そのサロンのもつ自由で開放的な雰囲気が、やがてくる新しい時代のなかの海舟の磊落を生んだという仮説のほうがずっと楽しくなる。ちなみに手元にある中央公論社版『日本の歴史』(18)はこう記述する。「錦絵は絵師・彫師・摺師らが共同して製作にあたる総合芸術で、チームワークのいかんが作品のできばえを決定する重要な条件であった」。ここではいちばん大事な共同を問うことが省略されており、ゆえに内実としての連続の根は絶ち切られてしまっている。

さて、こんなことをうつらうつらと考えていて、どこで何をどう積算したのか、ふと思われてきたのが、戦後詩という枠組みと、その影響世代にありながら、今までどうもうまく繫がりにくいなと思われていた清水哲男のことであった。というより、原体験と表裏になった戦争と戦争にかかわった世代に重くのしかかった戦後詩を在来の勝海舟像とするなら、そこへ江戸サロンのような自由闊達な空気をふんだんに送りこむことができるとするなら、清水哲男の詩はもともとそういう役割だったんだなと思えてきたのである。むろん、だからといってむりやり戦後詩の側へ引っぱりこみたいのではない。ただ「凶区」の詩人たちなどとくらべても、清水哲男の長い詩業に一貫するのは、戦後詩への否定といったものでなければ過剰な修辞への傾斜でもない。軽妙さをもち、ごくありふれた生活社会のなかからたくみに言葉を紡ぐまろやかな抒情はこの詩人生来のものだが、その底にはいつも張りつめた痛み（死を見つめる眼差しといってもよい）が流れているからである。少々暴論覚悟で言葉を継げば、戦後詩のなかの死には多様性がないのにたいし、清水哲男のなかの死は生活社会の具体的なところから言葉が運ばれる分、むしろあけっぱなしになっているとさえいいうる。つぎは『水の上衣』から、新井清にというサブタイトルのついた「光のなかで」という作品である。

光のなかで
鳥は歩むだろう
風のなかで
什器は澄むだろう
ひとつの星の下で
水音が触れあい

ひとつの未来をめぐって
火は流れるだろう
哀しみは
酒のように燃え
弓なりになって
音楽は残るだろう
ささえるべき多くのもの！
そのひとつひとつが
果実のように充ちるとき
ひとはもっとも
若くあるだろう

この詩が書かれたときを私は知っている。一九六五年五月京都大学楽友会館でおこなわれた新井清の結婚式。この日配られたパンフレットのなかにこの詩はあった。私にこの記憶を甦らせてくれた友人で、当時私たちのやっていた雑誌「移動と転換」の編集長だった波岡弾はのち、「清水哲男の詩のためか、光りのなかではにかんでいたといった形でいまもってぼくの中に残っているのだが」（「新井清覚え書」）と書きつけている。

この新井は清水とは三歳年下。三年近いパリ留学のあと七六年六月自死した。精神科医であった。彼は現役で公立高校から京大医学部に進学したいわゆる秀才肌で、おかげでのびのびゆっくりしていた清水とは追いつくかたちで出会っている。私とも六〇年安保闘争終焉後まもなく出会ったが、端麗な面立ちの反面、どこか老成した落ち着いた雰囲気を漂わせた青年だった。清水は当時京都を中心に出されていたブント系の学生総合誌「学園評論」の編集をしていたが、彼が出たあとその仕事を新井が引き継ぎ、少なくとも一冊は出した。なおこの新井が自死した直後、今度は清水昶が「火の声」という詩のなかでこんなふうに歌った。

先月のことだ　わたしの兄の友人が原因不明の薬物自殺を遂げたのは　妻と子供ふたりと幸福すぎる酸素にひたっていた彼がなぜ？　彼も火の声を追ったひとりだったが……　村上一郎氏が自死されたのも今日のように明るい日だった　だれの心の片隅にも　若いままに　いまも消されぬ　火の声が　たぶん　ある　ということか

ところで七三年十月という日付をもつ文のなかで、清水哲男は岸上大作を回想してこうしるしている。
「ぼくの考えでは、彼を有名にした安保闘争を直接うたった作品の多くには、技術上の問題はおくとして、何ら見るべきものはないように思う。そこには「安保」もなく、いわんや「闘争」もない。あるのは唯、全学連主流何某と共有できる普遍化された論理の形骸である。こんなことをいうと生意気に聞こえるかも知れないが、彼のこのような側面からのオッキアイで彼を賞讃し有名にしてほしくはない」（「岸上大作」）

つづけて、文学しないところで文学し、すべきところでしていないのだ、あるいはそれが短歌の「唄」としてしか存在できない皮肉な証明であるのかもしれない、とも。

私の考えにまちがいがなければ、岸上大作に仮託されたこの発言こそは、清水哲男にとって出立時に大きな影響をおよぼしたはずの戦後詩への愛情と挽歌、ひっぱり抜かれたその両極への、みずからの定点からの自戒となるべきところであったろうと私は思う。なぜなら、戦後詩もまた時代のなかで原体験としての死を専有したが、その分連続を拒む方向へ作動するのも避けられなかったからである。全学連主流何某と共有できる普遍化された論理の形骸といったとき、すでに自分が何から逸脱しなければならないかを、誰よりも清水は自分自身に納得させたかったのだろう。この逸脱する場所を、あるいはあたえられてきた絶対値としての海舟像にたいする江戸サロン派の位置と考えてよいと私は思う。

先に引いた詩のなかで、清水哲男はしきりに希望を歌おうをした。ただしその希望は、かろうじて味わわれるべき一瞬の光のなかにしかないものであった。新井が死んだ翌年、こんどは彼はこんな詩を書いている。

そうして今日も冷えていくよ
冷えきったところで
地図帖は閉じられ
その上に婚約者の熱い
鍋の尻が置かれたりするよ

（「PRINT a；b；a」）

私のなかでは、この詩は先の詩につよくかぶさってくる。

菅谷規矩雄のばあい

六〇年代前半には詩人の多くが六月を歌った。六月というより六月の死を歌ったといったほうが適切だ。いうまでもなくそれは六〇年六月十五日の反安保闘争の国会内突入のデモのなかで斃されたひとりの女子学生の死を契機としている。そのひとり菅谷規矩雄も、みずからの詩的出立となるべき「六月のオブセッション」でこう歌った。

ぼくらの背中に彫りこまれてゆく街頭デモの死の相貌には、一人の殺されたものの場所が、かつての眼のありかを示すかに択られていて、それは周囲にひとつのかたい殻をつくりあげ、いかなる侵蝕作用もよせつけない空白なのである。

「六月そして六月」のつぎのフレーズを思ってもよい。

六月
そしてのみこまれた最後の声を測る
ぼくらの幻想の暦
睡るべきひとをもたぬ夜と

いずれも情況のなかに未完了のままに投げ出されたひとつの死と内在的に深く溶け合おうとしているが、これもまた何も菅谷だけのものではなかった。天沢退二郎の「眼と現在」には〈六月の死者を求めて〉というサブタイトルがついているし、北川透の「死の村」では、〈六月　きみは死の村にいる／停止した《時》が　失われた空にぶらさがり／希望が胎児の形でねむりこんでいる〉と歌われる。自己意識に鋭く投射させているのが特徴で、むろん私とてその例外ではなかった。

そこで喚起されたように、この時期の菅谷規矩雄には、戦後詩の二十年からその現在をテーマにした「葬送的序言」と、「餠」という誌の同人であった友人大滝安吉の詩と生涯をあつかった「わが少年たちに」という二つのエッセイがある。今は菅谷自身が死者になってしまった現在、あらためて死者の方法化ともいうべき、死の事実を前にしたときの言葉のゆくえを思わずにはいられない。引いた詩に即していえば、〈一人の殺されたものの場所が、かつての眼のありかを示すかに択られて〉いるところである。

さて、「葬送的序言」のなかで、菅谷規矩雄は戦後詩の二十年の位相に、大きく二つの視点を設けた。そのひとつは、この二十年をどのような歴史的構造でもありえないとして、私たちの詩の現在とすることから、問いかけをはじめたことである。いまひとつは、その現在において、確実に生き残っている現在であるもの、それはじつは作品ではなくてひとりひとりの詩人であるといい、作品ではなく、詩人の存在論を大きくクローズアップさせたことであった。なるほどと私も肯かざるをえない。このエッセイは共に六五年に書かれているが、この六〇年半ばにあっての特徴とは、どのように書かれた作品があったにしろ、戦後詩人のひとりひとりは、まだ十分に生きていて、詩的営為を重ねていたからである。この点、生半可な世代論や後発意識からは、最初からふっ切れている点に注目しておかねばなるまい。あるいはつぎのような発言に耳を傾けてもよいだろう。「文学作品の自立、あるいは芸術の自立とはいったいいま、どこにおいて問われるべきことなのか——私の詩は、私の思想に対して、自立しなければならない、という地点においてである。私の文学の自立は、私の思想の自立に対して、それとの不可欠の関係においてはじめて可能なのである」

のち音数律などの表現論にいたる前ぶれと考えても、この発言もまた（依然として状況論との混淆の多い現在時のなかで）、今日へ未解決のままに残されてきた課題のひとつといえよう。

「葬送的序言」は窮極は、詩人の歴史とは自己を社会にたいして保証しようとして不適格だったものの歴史であって、つねに必敗の戦いであるという、鮎川信夫の「現代詩とは何か」の発言を援用しつつ、北村透谷のいった空の空の空を撃つという、絶対的な自己実現の場としての表現への問いかけにみずからをも重ねることにあった。その過程で、そのみずからの存在をおびやかすものとして浮上させたのが大滝安吉であった。

飛魚は飛んだ
飛んだ　飛魚は
鳥になることを信じたか
ひれが翼になることを信じたか
知らない　飛魚は知らない
信ずるなんてことを知らない
知らない飛魚は飛んだ

これは菅谷が「わが少年たち」のなかで紹介した「博物館にて」という大滝安吉の詩の一節である。一九五九年六月に発表されている。興味深いのは、その上で菅谷が、「かれの死という事実によらなければどうにも気づくすべのなかった、そのようなおろかしさがすくなくともぼくにはあった」と、自己告白していることである。

ついでながら大滝安吉は戦争中海軍主計学校の生徒。武士道とは死ぬことと見つけたりという信条をひとりの軍人の卵として心にたたき込んで生き、敗戦後は東北大学に入学したが病気で中退、それ以後の十数年間、郷里の酒田市で入院と退院のくりかえし、結核で六月の死者よりのちに死んだ。その死を知らされて、ぼくはなにかしら最後の死者たちのひとりだと直覚したと菅谷は書きつけているが、ここは結核がすでに死の病いでなくなった情況とも関連している。

それにしても、たしかにこの詩は、どこかで行為を絶たれたもののみがもつ、ある不気味な緊張を湛えているといってよい。反面、ぜんたいが暗喩で構成され、ながいながい地球規模の生命観測を楽しんでいるようなところもあり、そこではあどけなさにも通じる、すべての選択を完了したあとの余白の感覚がうかがえるのもたしかである。詩禅三昧などといってもよいかも知れない。そんなふうに思われるのは、何はさておき飛魚は飛んだという進行形の詩の現実にいるからだ。実際に飛魚は見た目に軽々と飛ぶ。そこから鳥になることを信じたか、翼になることを信じたかという変容への問いが加算され、一気に人間臭くなり、鋭い否定が開始される。不気味な緊張とは、〈信ずるなんてことを知らない〉という一行で否《ノン》に転じてからだ。私自身はここで、詩のかたちとしては前石原吉郎のようなものを思い浮かべた。先にすでにのべてきたことであるが、石原吉郎のばあいにはシベリアラーゲリ体験という状況がそのまま喩になることで、ちょうど虫喰い問題を解くように読み手に置き換えの自由をあたえる。ちがうところがあるとすればこの一点で、大滝安吉のばあいにはこの自由への手がかりが絶たれていることだ。それはあまりに喩が整常化されていることと関係しよう。そこから飛魚が飛んだというのは、死を至近距離においたものの限界状況といってみるしかない自己実現のイマージュになる。ただ私にとって困るのは、このばあい菅谷規矩雄の文をたどったことで、大滝安吉の詩と死がぴったりと重なってしまったことである。これ以上、彼の詩に寄りそう資格は私にはない。

つぎのようには問いうるだろう。菅谷規矩雄は自分の眼前でひとりの詩人の生涯が閉ざされてしまったとき、かえってあざやかに輝やきはじめた彼の言葉がそこにあるという逆説をはじめからたどりなおすという苦痛を知ったとき、詩人とともに死ぬことにならない言葉が、同時に死への行為にほかならぬことを知ってしまったのではないかと。なぜなら言葉は残り、今日も明日もその死を生きつづけるからである。

六〇年代半ばに書かれた菅谷のこの二つのエッセイは、折からの戦後詩の二十年を背景に、その営為がすべて世代的、時代的、固有性へと還元されていくことにたいして、きびしい否の意志から書かれた。そこを葬送的序言としたことがあらためて思われてならない。

小野十三郎の不幸

閑話休題《それはさておき》というわけでもないが、私自身ずっと大阪に住んでいるせいもあって、今回は六〇年代大阪を舞台に、気づいたことを少しばかり書いておきたい。と、いうのも、昨年（一九九六年）秋に小野十三郎が亡くなって、そのあとしばらくしてやった、雑誌「楽市」二十三号の座談会での、杉山平一さんのさり気ない発言などが、なぜか気になって滞ったからである。一例をあげよう。

杉山　戦後の小野さんを中心にした熱気ってたいへんなものがあったね。
三井　私、それ知りません。
倉橋　ぼくもその後なんです。
杉山　松岡さんが文学学校をやってたころのことを話したが。校歌を書いたり、講演に行ったたり、もう大阪といったら小野さんだった時があるなあ。

倉橋　日本中が左翼の時代でしたから。

誌面ではこうなっているが、ここで杉山さんがいった戦後のニュアンスはもう少し長く、七〇年ごろまでを指していたと思う。と、すれば、それにつけたかたちの三井葉子さんと私の発言は少々ずれてくる。二人とも六〇年代には全期間を通して立ち合っていたからである。

寺島珠雄さんをふくめて四人でやったこの追悼座談会は、杉山さんが「四季」の立場をからめて、ざっくばらんに話してくれたこともあって、これまで私の経験してきた同じ類のなかでは、一味ちがった出色のものとなった。「私なんか、短歌的抒情の否定のスピーチで、「ここにいる杉山君の属していた「四季」のごときは」ってぼろくそにやられてね」とは、これも杉山さんの弁だが、先の熱気という言葉の上にかぶせておくと面白い。

さて、私は五〇年代の終わり、小野自身も一員であった「山河」にくわわり、これも小野十三郎が校長をしていた大阪文学学校にかかわったせいで、早くから身近かに交わった。おかげで状況的には、小野を外からはまったく見ることなく今日まで来てしまった。といって、そのまま小野の説くリアリズムの信奉者だったということではない。ありていに素顔を語るというふうのいい方をするなら、小野十三郎という人はいかにも大阪のどこかの旦那衆がひそかに囲った色町の女人に生ませた子という風情があって、いつどこででも「うん、うん」とうなずいて、谷崎潤一郎のような人とも通底するところのあるような、こざっぱりした単独者の雰囲気を湛えた人だった。その点、杉山さんのいう熱気も、すぐれたアジテイターのみずからもたらす体臭などとは縁どおく、カリスマ性から発せられるという質のものでもなかった。

だが、杉山さんの発言などがなぜか気になったとのべたのは、じつはそのことがあったからで、座談の流れのなかでは熱気という意味をつかみ損ね、私たちの知る以前のことと早合点してしまったのだった。ほんとうにここで杉山さんが語りたかったのは、おそらくは当時大阪の詩風土をおおっていた、いたるところ小野十三郎ともいうべき雰囲気だったろう。伊東静雄も安西冬衛も片隅で肩身をせまくしているような雰囲気だったろう。

そして私がいま、このとき何とはなく自分がひきおこした発言のずれにこだわるのは、それが戦後の、あるいは戦後の政治と文学の二元論がもたらした負のゆき方の、いかにも大阪的な混淆的な現象だったような気がしてならないからである。別の見方をすれば、そこが小野にとっていちばんの不幸だったという気がしてならないのである。

知られるとおり小野十三郎は、短歌的抒情の否定という命題の初出となった戦時中の労作『詩論』と、『詩論』で展開した物をして語らしめるという、絵画的な抑制的なリアリズムによる、『大阪』『風景詩抄』などの詩によって、戦後にまみえた詩人であった。そこに戦前のアナキズム系の流れや、一九三三年大阪帰還後ずっと長屋暮らしを続けたという生活風土が、反戦的あるいは庶民的という概括的な意匠となって附加価値としてくわわった。と、ここまではシンプルに、詩人や作家によくあるケースとして了解してよいだろう。小野の不幸はその先にあったといわねばなるまい。

短歌的抒情の否定」という『詩論』からの抽出による命題の短絡化こそが、その仕掛人になった。なぜなら、この否定《ノン》こそは、政治と文学の二元論的な発想からは、短歌のリズムを、天皇制イデオロギーとしての音数律的元凶ときめつけてしまうことからしか生まれてこないからである。といって、小野がみずからそうしたということではけっしてない。『詩論』とは一種の雑記帳のものだったろうとは、私自身座談のなかでも発言したことだが、もともとこれは圧倒的な戦時下の時代のもとであっての、思索的なノートであったろうと私は思っている。言葉にたいする考察が主力になっているのは当然であるが、その過程で、サンボリスムをきらって絵画的なリアリズムの手法を標榜したとき、サンボリスムの中枢である音楽が、日本の伝統詩歌の短歌的音数律としてよみがえり、そのリズムのなかでは批評が成り立たぬという一点から、奴隷の韻律と小野はいったのである。『詩論』自体は初歩的な工業にたいする言及もたくさんあり、ぜんたいアフォリズム風に断片的に構成されているが、けっして読みやすい書物ではない。私自身は方法論をふくめて、この本はあくまでも、戦中の小野の内面史をたどるものとして読むべきだと思っている。そうするほうが小野の実体に、より鋭く迫ることができるだろう。

「短歌的抒情の否定——だが、ここだけがスクラップ化され、テクスト化されると、それはもうテーゼとなるしかなかった。こうなると小野の詩論は、そこへいたるプロセス（内面化）をたどることなしに絶対化されるしかない。事実、今日にいたるまでそのようなたどり方をしていると思う。

杉山さんの経験した小野をとりまいた戦後の熱気とは、いわばそういうものであった。「コギト」も「四季」も、このテーゼ化の前ではみごとに連座制をくったのだった。今でも私の知るかぎり、大阪をはじめ関西の意識的なリアリズム系の詩人たちには短歌嫌いが多い。たんなる嫌いではなく、食わず嫌いで、だからほんとうは知らないだけなのである。

小野のなかで実体はむろんそんなものではなかったろう。短歌的抒情の否定とは、実際にはその抒情を誰よりも筒いっぱい受け入れやすい、自分の内部の体質を自覚した上での、小野十三郎の自己否定としてのことばであったというのが私の考えである。ゆえに小野は、時流のなかで万葉が頂点にのぼった時代に、たいして面白くもない工業の本も熱心に読みあさったのであった。それだけに、そこからあふれさせたアフォリズムは面白い。このなかでこんなふうにもいっている。「詩は科学には牽かれるが、科学の中にも詩があるという思想などには牽かれない」。このようなばあい小野の内部にある原初の詩がどんなものであるか、いちいち詮索する必要もないであろう。

座談のなかで杉山さんは、学生たちから「小野さんは昔どんな詩が好きでしたか」と訊かれ、佐藤春夫の「紀の国の五月なかばは稚の木のくらき下かげ……」を暗誦した話や、奈良の山辺の道を歩いていて、「春がすみいよよ濃くなる真昼間の何も見えぬば大和と思へ」という前川佐美雄の歌碑の前で、「おれはあの歌いちばん好きや」といった話を紹介している。似たような話は私もいくつか持っている。

いずれにせよ、小野の不幸は、丹念におのれを語ったはずのことが逸脱されたことにあった。言葉をかえれば、小野の内部でこそ、短歌的抒情の否定は鋭く輝いたのである。

作品行為・覚え書き

話題の村上春樹の地下鉄サリン事件の被害者をインタビューした書き聞き集『アンダーグラウンド』には、始めと終わりに、なぜこのようなことを試みたかという、作者のモティフを顕わにしたコメントがつけられている。終わりの「目じるしのない悪夢」は、オウム真理教とその信者たちがもたらした地下鉄サリン事件への見解が卒直にのべられて、ノー・ジェネレーション（何も求めない世代）からの、孤独な群衆あるいは小さな個人ともいうべき世界のバランス感覚を知るうえでも、なぜこの事件にこんなふうにコミットしたかという相対化の過程がなかなか興味深かった（といって、そのまま私自身が同意するということとはちょっと事情がちがうが）。反面、「はじめに」のなかでは、たとえばつぎのようなフレーズに出会うと、正直いって何となく面喰らった気分になった。

「インタビュアーの個人的な背景の取材に多くの時間と部分を割いたのは、「被害者」一人ひとりの顔だちの細部を少しでも明確にありありと浮かびあがらせたかったからだ。そこにいる生身の人間を「顔のない多くの被害者の一人（ワン・オブ・ゼム）」で終わらせたくなかったからだ。職業的作家だからということもあるかもしれないが、私は「総合的な概念的な」情報というものにはそれほど興味がもてない。一人ひとりの人間の具体的な――交換不可能（困難）な――あり方にしか興味が持てないのだ」

面喰らったのは、なぜこのような前提的なことが、わざわざこんなふうに、これが私の創作態度だというふうに、語られねばならないのだろうと思ったからである。たとえばここで、もう六十年も前に小林秀雄が『ドストエフスキイの生活』の序に書きつけた、「子供が死んだといふ歴史上の一事件の掛替への無さを、母親に保証するものは、彼女の悲しみの他はあるまい」という一行などを思い起こしてもよいと思う。時代がどんなふうに変わろうとも、もともと人間とは、こんなふうにひとつの体験のなかにあっても、かけがえのないものとして生きているのではないか。地下鉄サリン事件の被害者でいえば、三〇〇〇通りの事件の受けとめ方、体験があり、悲しみがあるのではないか。それは何も個人的な背景をハンで押したように聞いたから浮かびあがるのではなく、事件そのものへの臨場感のなかから、もともと浮きあがらせるべき性質のものではないのか、と、私には思えたからである。こうなってくると、方法としての聞き書きもふくめて、今ひとつ思われるのは、水俣病の病者に、みずから時代の語部《かたりべ》として接近、土語による一人ひとりの内面化を試みた石牟礼道子の『苦海浄土』の世界であった。まさに六〇年代の遺産であるが、このようなひとつひとつが、まさにぷっつりと切れていることが、何とも解せないものに見えたのもほんとうだった。
　というようなことを思っていて、六〇年代の詩業のひとつとして、これもかけがえのないものだったな、と思われてきたのが天沢退二郎の「不可能性の彼方」を目指すという、宮沢賢治の作品行為の内実にくいさがり、そこから作品的言語の自立をとき明かそうとした『宮沢賢治の彼方へ』であった。おかしな話だが、この頃、私は、彼が喫茶店などで友人たちと屯していようが、どんな音が流れていようが、かまわず作品を書いているというようなことを、人伝てに聞いていて、そこから私なりに描いていた印象と、この賢治論がまったくどこからもそぐわぬことも、何とも奇妙なおどろきのひとつであった。当時、私の周囲には支路遺耕治という、六〇年代後半から七〇年代にかけて、独特の断片と断片を繋ぎ合わせた饒舌体の詩を書く詩人がいたが、この彼の疾走感あるいは暴走感のようなものが、さしあたって天沢のスタイルをそれに近いものとして思わせたのである。一例をあげる。

捉えては射す光景に裂けよ日常はうつろに　千の巣くう鏡のまど　光ハシル崇拝に群れる顔ときに地図をおしだまった首のつけねが貼りつく扉いちめんの押拡げ　にしかもわたしは無言だ無身だ！　たいらな耳の液状・ゆるゆる狩る朝の鞭にほとばしる生誕
（支路遺耕治「黄金の腐蝕あるいは復活まえの敗走Ｉ」）

おれの顎は無数のハイヒールをくわえこんだ
しかしおれの首をはさみつける馬蹄形の女は
なぜ冷い五つの瞳をさしのべつづけるか
女は黙って骨ばかりの掌をおれの顔の前に垂らした
おれの両膝はぼろぼろの映画をぶらさげて燃える

（天沢退二郎「ソドム」）

ただし、これは私が感じとった相似感の例であって、スタイル以外のことではない。
この天沢にもそっくり通用する暴走感にたいして、『宮沢賢治の彼方へ』は逆に吃音そのもののように時間を溜めたものに思えた。賢治の作品の通過のさせ方が、異常なほどゆったりと、十分に手間かけたものに見えたのであった。こんなふうにいってみたらどうだろうか。ひとりのスペシャリストであるランナーを想定したらよい。彼にこう問いかける。「あなたは何のために走っていますか」。好きだからとか健康のためだとかはスペシャリストの回答にはならない。先の村上春樹の発言と同じで、これらはみな前提的なものに属するからである。「記録のため」、これは主題主義で、こうなると走るという行為は、記録を生むための手段にすぎなくなってしまう。つまり、天沢のこの本のモティフはこの先にあって、それは走る行為そのものは何を生み出すかであって、もしそれを記録という範疇に置き換えるなら、無時間という究極の目標しかないはずのものであろうと思う。

『宮沢賢治の彼方へ』では「ホモイの劫罰」が終章になっている。水に流されたひばりの子を救って、善行賞として貝の火という宝珠をもらった子兎のホモイが、慢心から狐にそそのかされて、保ちつづけねばならぬ火を消す破目になってしまう。あげくのはて火の粉を浴びて失明してしまうという物語で、一般には道徳寓話のひとつと見なされてきた作品である。

このホモイの失明にいたる過程を、詩人の自己処罰の過程に対応させた天沢は、ホモイに何の責任があるか、ホモイの孤独のおののきがあるだけではないかと問うたあと、つぎのようにのべている。

「ホモイこそ真の犠牲者である。なぜなら、かれは自己の死をも犠牲にしたのに、よだかと異って星にはなれない（筆者注「よだかの星」のこと）。「貝の火」からようやく解放されたとき、引き換えにもらったものは死よりもわるい終りなき不幸、失明したまま書き続けねばならぬ流刑の詩人の境遇である」

ホモイの慢心のせいと書いたが、ここで天沢は身を挺してひばりの子を救ったこと、貝の火の教条のために失明したことの二重の犠牲にもかかわらず、ホモイには何の酬いもなく、よだかのように星になっているのを見ることもできず、死というかたちの至高性を得ることができなかったことに着目、あのオイディプス王がみずから目を突いて生きつづけたように、終わりなき不幸をあたえたことに、賢治のなかの自分（詩人自身）を見出そうとしている。いうまでもなく書きつづける賢治の自意識であり、そこに自己処罰の位置をみたのであった。

さて、この賢治論で、天沢退二郎は書くことの体験と読み手の体験とは別に、作品に独自の位置をあたえた。そこから作品行為のなかの逸脱の先に、そこでひらかれるべき彼岸を見たのである。村上春樹の聞き書きの書をとおして、一人ひとりの顔立ちを見ることは、私にはほとんど出来なかった。原初的《プリミティブ》なことが、しきりに思われてならない。

寺山修司あれこれ

前章の原稿を書いていて、支路遺耕治という六〇年代後半から大阪にいて、独自の疾走感と暴走感で、詩的にも詩人としてもずいぶんと手こずらされたことのあった詩人のことを思い出した。またつい先日、これも六〇年代の終わり、十九歳で連続射殺事件をおこした永山則夫刑死の記事を見た。すると、このふたりにすっぽり被いかぶさるようにして思われてきたのが寺山修司であった。

といって、私にとって寺山修司の世界は、なかなかの晦渋であったということから書いておかねばなるまい。つぎの用語例を見てほしい。

大鳥の来る日　幸福は個人的だが不幸はしばしば社会的なのだった

（「事物のフォークロア」）

大鳥は綱領のない革命だ　（「人力飛行機のための演説草案」）

速度に歴史などあるのだろうか

かくれんぼの鬼に角がないのはなぜだろうか　（「質問する」、傍点いずれも筆者）

などの、主語の傍点をつけたボキャブラリイに、どうにもうまく馴染んでいけないのである。なるほど石原吉郎のばあいと同じように、ここでも彼自身の経験《エクスペリエンス》を、そのことに言及した多くのエッセイから補完することは可能であろう。だが、石原吉郎がそうであったようには、語られるべき経験（歴史）が、直接の詩から、それほど逸脱した位置にあるとも考えにくい。

永山則夫が直接登場してくる「歴史」というエッセイの、つぎのような発言に着目してみるのもよいだろう。

「だが、月日がたつにつれて鬼は刑事でも国家権力でもなく、もっと抽象的な歴史であるということがわかりはじめてきた。彼をとらえようとするのは「くもり日」であったり、「休日に近い日」であったり、三畳間のアパートのうす汚れた壁にかかった的を目がけてとぶダーツ（投げ矢）だったりした。彼は、もしかしたら自分自身が鬼であるかもしれないと、感じたときどれほど戦慄を感じたことだろう」

ここでは〈鬼〉という言葉も〈歴史〉という言葉もつかわれている。むろん、引用部分だけではわかりにくく、経過がいる。寺山修司はここで、アラン・シリトーの小説『長距離ランナーの孤独』のなかの独白、「おれ自身のあのゴールのロープにとびこむのは、おれが死んで、向う側に安楽な棺桶が用意されたときだ。それまでは、おれはどんなに苦しくとも、自分ひとりの力で田野を走ってゆく長距離ランナーなのだ」を引いて、ここから、〈遠くへゆくこと〉〈この世のほかの土地へのユートピア〉に思いを馳せたあと、永山則夫が中学生だった頃、校内一の長距離ランナーだったことに着目、彼の放浪に重ね合わせる。この放浪をかくれんぼをしていたのではないだろうかと思ったことから、先の発言につながるのである。「はじめのうち、彼はかくれんぼの鬼は刑事だと思っていた」だが……というぐあいである。

しかし、こんなふうに、私がながながと一篇のエッセイを解説してみたとて、先の詩の、喩的に置かれたはずの像が鮮明になるわけではない。そこが石原吉郎とはまるっきりちがうところだが、さらにひとりの詩人のなかで、その言葉はいったいどこからやって来たのだろうと問いかけたとき、そこが単調な主題主義に陥ってしまわれても困るのである。だが、寺山修司にとって磨き抜かれた言葉の回路とは、すでにいくえにも組み立てられたもののなかに、意外に醒めたものとして映し出されていたのではないだろうか。「短歌の特性の一つは代辞というか、代りの言葉だという気がするんですね。つまりそれを読者が引用し、口ずさむ材料とする。つまり、仮託化された経験の記号化だという気がするのです」「だから、感情のパターンにはまる一首か二首あれば、大体もうそれで充分であると」と、これは「現代短歌の椅子」という座談会での発言だが、ここで彼が問題にしたのは、歌のなかの経験は、ゆえにほんものである必要はないということであった。仮託された経験の記号化とは、呪具としての藁人形の役割に似たものにもなるが、この短歌にたいするシニカルな発言を知の側に裏返すと、先の〈大鳥〉〈鬼〉〈速度〉の用語法に、そのまま適用されてしまう気もするのである。

　この点、寺山修司にむけた清水昶の、最後の少年倶楽部派という発想は面白い。彼によれば寺山修司のばあいは、戦場の悲劇とは飢える荒野ではあったが同時に、それはなにもないことであり、無一文の出発を意味し、ゆえに、単独に生きるよろこびをあたえたものとなる。そういえば率直にいって、私は寺山修司を読みはじめた頃、父、特高警察の刑事で終戦末期アルコール中毒のためセレベス島で死亡、そのため母は戦後ベースキャンプに出稼ぎに出たためやむなく自炊、九歳から詩を書くという年譜のすべり出しと、高校生以後の早熟な文学少年ぶりを読みくらべて、いささか胡散くさいと思ったことがあった。それがほんとうか嘘かではなく、こんなふうなキザな年譜は、同世代の私のばあいは、とてもじゃないがしまいと思ったのである。

　そういえば家出のすすめなんかしても、行くべきところなんかどこにもないのである。ただ元に帰るなが呪文になり、清水昶のいうとおり、母殺し、父殺し幻想につながることになる。

　さて、前出のエッセイ「歴史」のなかで、寺山は永山則夫はあまりにも想像力のとぼしい男であったとのべたあと、こう書きとめた。「「私たちは、あらゆる意味において、私たちの作り出すものの中にしか、私たちの諸行為の向う側にしか存在できない」と知っていたら、彼にはべつの幸福論があったはずなのである」
現実の永山則夫にとっては、とうていないものねだりでしかなかったものを、では支路遺耕治はどんなふうに受けとったろうか。

蹴れ!　前世紀で吐くあばよ　を締めつけて
狂騒街がもえ
仮死疾走の一章を焼きながらせり出す眼の断片
ない筋肉め
私にしがみついて街が崩れくらしが浴槽で発熱しまどろんでゆく
月並に剝奪された風土を走り密度を転び
見え透いた列島滅裂を呻きが出合いがしらの雨に意図を押し拡げ
（「羅列する旅・羅列する季節・羅列する大陸」）

ついでながら、この引用は当時（六八年）北川透が時評で引いたと同じところである。北川透はここで、未知な詩的世界への旅に出ようとするなみなみならぬ決意を読みとりながら、なお新しいというためにはためらいも感じられるといったのだった。
私はここで支路遺のうえに、思い切りうす汚れた寺山修司をかぶせてもよいと思う。物質的に飢えた少年の心は、飢えを満たす夢に満ちていたのだとは、こちらも清水昶がいったことだが、寺山ならずとも少なくとも同じ世代で廃墟の都会で生きたものにとっては、当を得たはずのものであった。その表層を独自なテキスト、レトリック、ドラマチックスを駆使して、寺山修司はほとんどただひとり、思想的な時代そのものを風俗化した文脈によって相渉ったのであった。

ただ支路遺は家出の呪縛にかかった時代の子であった。家出が幻影にすぎないことを自覚した支路遺の現在にとって、残されたことは、疾走（家出）の終わりからはじめることしかなかった。それでも元にもどることを拒むとすれば、路上生活者になるしかなかった。ただ、たしかなことは、支路遺はそこで、寺山修司が身につけた、詩のなかの経験もまたほんものである必要はないという自覚だけを身につけていたことであり、私にとってひどく新鮮にみえたのも、その一点であった。

足立巻一・その周辺

今年（一九九七年）の三月、神戸の戦後文化を支えたひとりであった、モダニスト詩人の君本昌久が亡くなった。七月に入って偲ぶ会があり、出かけて安水稔和さんの語る回想など聞いているうちに、彼がたったひとりでやってきた蜘蛛出版の百冊あまりの刊行物が、意外に深く彼自身をも物語っていたことを知らされた。そういえば、そんな一冊に、今では私の愛蔵書ともいうべき、『戦争と詩人——夭逝の宮野尾文平』というようなのもある。『第二集「きけわだつみのこえ」』に遺稿詩篇のいくつかが収録されている、旧三高文科出身の宮野尾文平の生涯を、当時文芸部の友人であった花木正和が、死後三十六年を経てその全作品とともに紹介したものだ。私が宮野尾をじかに知ったのはむろんこの本をとおしてであったが、はじめて読みすすめたときの悔しいような衝撃が忘れられない。こんなシーンにめぐりあったからであった。

「昭和十九年のある朝、軍服姿の宮野尾が、忽然と私の下宿にあらわれた。……その最後の一日について、以来二十五年、私は私の記憶を補強していない。ただ、当時ほとんど一軒だけ残っていた、行きつけの喫茶店へつれて行ったことを思い出す。薄暗い片隅のボックスで、砂糖のない紅茶をなめながら、私は誰かから借りて筆写していた「山羊の歌」の詩篇を彼に見せた。見習士官の軍服姿の宮野尾は、それらの詩を、オアシスにめぐりあった旅人のように目をかがやかせてむさぼり飲《ママ》んだ。そしてその中の「夏」という詩を、折から店内に響いていたチャイコフスキーの「悲愴」の第二楽章になぞらえたりした。その日、京都駅で別れた」

　語るべきことはたくさんあるが、このとき私に悔しいほどに思われたものは、かならずしも戦争やその時代に思いを馳せただけではなかった。秤に量られたように生命が毟りとられていった時代のなかで、あたえられた極小の私的で自由な一日を、親しい友をたずね、好きな詩を読み、語って過ごすことに費やしてしまう、そのいとおしみ方に無性に羨望をおぼえたのである。知られるとおり一九三四年に中也が自費出版した『山羊の歌』は限定二百部で、その後再版もなく稀覯本になっていた。おまけに中也は、総力戦の中世的な時代のなかで、それこそねずみでも死ぬように死んだはずの詩人であった。花木はここで、「宮野尾文平は、中原中也として軍服を着たつもりであった」としるしているが、この表現も哀感を誘う。私にはその後姿が見えるようで、今日の豊饒に生きることが疎ましいほどにも思えたのであった。別れてまもなく兵営から密送されてきたという「星一つ」と題された詩篇から、掉尾の一部をかかげる。

お天気よい日は
笑ったり
雨の降る夜は
寒さうな
気まぐれ
我侭一杯の
これよ
この頬
しづかに
さすりゃ
何か
頬っぺた
云ひたいか
ことさら
明かす
ものもない
とんがり帽子に

赤シャベル
生まれてからの
年月は
少々芥や埃など――

さて、宮野尾も花木も、どちらが死にどちらが生き残ろうと、不思議ではない時代に属した世代であった。詩史的にいえば、思想詩のひとつの窮極をなす「荒地」の世代であるが、ずっと関西に住んだ私が身近かに出会った「荒地」とは、グループに属した属さなかったにかかわりなく、こういう人びとであった。そう思うと、もっとも濃い原液をもって浮かびあがってくる人がある。足立巻一である。一九一三年生まれの足立は、宮野尾と花木が最後の邂逅をした年には三十一歳になっていたから、第一次戦後文学派世代といってよいだろう。この年、足立は再徴兵を受けて、鹿児島県で連日、対戦車肉迫攻撃の練習に明け暮れていたとき、火薬による瀕死の爆創を負い、以来ずっと難聴になった。その足立の六〇年代の詩に「滝」というのがある。つぎはその最初の連である。

わたしは少年のころ、『滝』という詩集を愛読した。その本はまちには売っていなかったので、南海の辺地に住む著者に直接申しこんだのだが、送られてきた『滝』は表紙がさかさまについていて、もうこんな本しか残っていませんので、ということわりがしたためてあった。くせのひどい字であった。わたしはそのさかさまの『滝』を暗誦するまでに読んだ。くらい空間を、ある瞬間だけ光りながらはげしく落下する精神を、コトバを。

『滝』の著者は高知の岡本弥太。戦前「赤と黒」と「詩と詩論」という二つの流れがあった頃、その中間に尾形亀之助等が属した「詩神」という雑誌があったが、弥太もそのメンバーだった。「当時なかなかいい雑誌やったんやがなあ、これと心中したようなもんですな」という言葉のなかから、足立のとった詩的経歴はほぼ察しがつこう。戦後、占領軍総司令部が新聞用紙割り当ての管理権を握ることで既存新聞社をおさえ、小新聞を育てる政策をとった時代、毎日新聞傍系の「新大阪新聞」という夕刊紙に入社、横型の紙面に新鮮な企画を盛り、学芸・スポーツ・事業に光茫を放ちながら、大新聞が夕刊を発行するようになると、とたんに衰弱したつかの間の時代に、学芸部長、社会部長、編集総務を歴任しつつ、苦難を嘗めた。経営のトラブルから暴力団のリンチを受けたこともあった。

キズのある青いヒタイが迫る。
さあ四つンばいになれ!

ぼくはハイハイ人形になる。
ネをあげるな！
よごれたタオルがのどにねじこまれる。
ぼくはカタツムリになる。
かたい棒が床をころがる。
さあ立て！
ぼくは箸のように立つ。
包茎を出せ！
ぼくはあかん坊のように動作する。
向うを向け！
一団が笑う。
マッチが点火される。
角質がこげる。

「暴力」という詩の前半。撲る蹴るという暴力ではなく、汚辱にまみれさせ、人間の尊厳を抜くという類のリンチであったことがこれでわかる。その点で戦後民主主義の舌足らずな裏っかわを、非情なまでに経験してきた人であり、徹底した孤独を生き抜いた人であったといいうる。その一方で、戦前から誌名をかえながら出してきた同人誌を、戦後は「天坪」へと継承させて持続、学生時代からの念願であった本居春庭の評伝である『やちまた』は、この同人誌に根気よく連載して完結させた。個の徹しきり方といい、多岐、多彩、精密さに磊落さもまた、一種壮絶ともいうべき人であった。安西冬衛、竹中郁、さらに小野十三郎をふくめて、言葉に染みる人間臭さはこの人がいちばん深い。詩人としての出立もおそく、先の「暴力」のはいった最初の詩集『夕刊流星号』は四十五歳の刊であった。ちなみに〈夕刊流星号〉とは、足立が戦後を賭けた、かの新聞社のマークが流星に似ていたことから、足立自身が名づけた名で、戦後裏面史ともいうべきドキュメントタッチの同名の小説も残っている。ここで「滝」にもどって、私は、〈くらい空間を、ある瞬間だけ光りながらはげしく落下する精神を、コトバを〉とは、そのまま、足立の戦後体験と戦後意識を指すものだと思っている。

八〇年代に入って、ある選集にくわえるべく、私が尽力した。編集解説は桑島玄二。桑島もまた同時代の人で、『無名戦士の死と詩』など、同時代の運命に深くこだわった人であった。ここで気づいたことだが、この稿に出てくるこれらの人びとは、みな物故者になってしまった。

ついでながら、「滝」には二連目で、「著者のひとりむすめというひと」が出てくる。六六年の夏、私は最初の詩集のために、ささやかなパーティを開いてもらった。その参加者のなかにその人もいた。足立さんが出会ったのは、そのほんの前頃だったろう。

雑誌「犯罪」事情

こんなふうに詩の六〇年代を逐一反芻していると、この時代はよかれあしかれ、まだ戦後詩の強い原液のなかにあったことに、あらためて気づかされる。好むと好まざるとにかかわりなく、渦中にあって私たちは五〇年代の西日をたっぷり浴びて、そこからこぼれ落ちる光を栄養源にしていたのだった。その西日は有効で刺戟的な毒を盛り、近代詩とは異なったスタンスを示して、広く詩を読むがわへと押し出した。逆にいえば、もしそこのところが詩史的にもうまくとらえられないと、今、北川透のきびしい批判に晒されているような、吉岡実系といった類の、恣意的で唐突な、スクラップ型のとらえ方がなされてしまうことになる。この点になると、ごくあたりまえのことではあるが、やはり詩をとりまいている時代と状況を無視するわけにはいくまい。たとえばエリオットの『荒地』のなかから、〈非有の都市《みやこ》／冬の夜明けの褐色の霧の下を／ひとの群がロンドン橋の上を流れて行った、おびただしい人の数だ、／こんなにおびただしい人数を死が亡ぼしたとは夢にも知らなかった〉（深瀬基寛訳）というようなフレーズを思い起こしてもよい。

このとき第一次世界大戦後のイギリスは戦争に勝ったとはいえ、三百万人の死傷者をもち、経済的にも社会的にも疲弊にあえいでいた。エリオットの見たものはその原光景であり、その光景に揺すぶられながら、死を凝視する詩の言葉もまた生み出されたというべきであった。テキストをうつしていて思われるのは、〈非有の都市〉あるいは〈死が亡ぼした〉というような、いかにもエリオット的な表現法のもつ、原光景とのあいだのバランス感覚である。エリオット的といってしまってよい私たちに馴染み深い言葉のつかわれ方が生みだす、エリオットによって示された外部の世界である。

さて、六〇年代の終わり頃、私にはせっせと東京に足を運んだ一時期があった。「犯罪」という雑誌を編集するためだった。構造社が版元で隔月刊の発行。創刊号は七〇年九月。九月に出るところから「九月犯罪」と銘うって、変形判百二十ページ、全誌面紫色のインクをつかい、五千部刷った。定価二百五十円。面白いのは執筆者が承諾しないばあいを除き、すべて句読点を省き、句点は二文字アケ、読点は一文字アケにしたことだった。これはいっしょに編集した藤井貞和が、日本語の文法には句読点の法がないようだといったことから、佐々木幹郎がじゃ思い切ってとろうかといい、多少面倒がかかるのを覚悟してやったことだった。この雑誌は建て前は私の責任編集という体裁をとったが、実際は佐々木幹郎と藤井貞和との三人でやった。雑誌の雰囲気を知る手がかりとして、創刊号の目次を掲げる。

連載＝佐々木幹郎「戦闘への黙示録――〈松下昇〉序説」、内村剛介「村上一郎論」、藤井貞和

「芸術の発生の日本的構造　文学原始」／エッセイ＝森崎和江「言葉・この欠落」、鈴木志郎康「言語商品越え」、橋本真理「美醜の彼岸――村山槐多論」、高橋秀一郎「不毛なる場所を求めて」、川崎彰彦「石川淳「天馬賊」小論」、山田幸平「立体と幻想」／詩＝岩田宏、永島卓、望月昶孝、石原吉郎、花井純一郎／小説＝加藤典洋、沖浦京子

二号の「十一月犯罪」では連載に北川透の「山路愛山論」がはじまり、エッセイでは松原新一、森川達也、三木卓、米村敏人が、詩では秋山清、清水昶、石川逸子、山本哲也、小説で津島佑子が登場した。

原稿料は一字一円（つまり一枚四百円）の原則。熱く眩しい視線を浴びたにもかかわらず、しかし私たちは三号「一月犯罪」の準備を了えたところで、私たちの意志によってこの雑誌の発行を杜絶せねばならなかった。原稿料の支払い、執筆者にたいする掲載誌の送付等、版元としての最低限のルールがスムーズに守られず、その責任を問う声が編集者にもとどけられるようになったからである。これには雑誌の発行以外の事情もあった。当時、佐々木幹郎の『死者の鞭』、矢島輝夫の『暗き魚』、村上一郎の『武蔵野断唱』、支路遺耕治の『疾走の終り』、金時鐘の『新潟』、石原吉郎の『日常への強制』などの単行本も相ついで出たが、全詩全エッセイのはずの『日常への強制』が厳密にはそうでなかったり、落丁本などの不手際も重なったからである。見開き真白のページを、万年筆でこつこつと埋めていた金時鐘の姿を今でも思い出す。ただ念のために、だから出版社を責めるというのではない。版元もこの仕事をはじめたばかりであり、不手

際もある面では避けられなかったからである。ただ、のち七〇年代に入って創刊した「白鯨」一号の、佐々木幹郎のつぎのような発言は、私たちの立場の有力な根拠となろう。「雑誌を、表現作品の発表場所と考えるものは「詩と思想」という名に値しない。雑誌はあきらかに、自己の書く作品とは別の軸をもつひとつの表現作品である」

当時（六〇年代全期間から七〇年代にかけて）は、「試行」「あんかるわ」あるいは「無名鬼」などの自立雑誌が、表現行為の純粋性を目指して言語の商品化を拒む立場から、旺盛で鋭い営みを続けていた時代であった。商品としての流通も拒む地点にありながら、直接購読を訴えるというかたちをとおし、多くの読者を獲得していた。その一方の極にいわゆる商業雑誌があり、さらに一方にもともともっとも広い裾野をもつ同人雑誌があった。このばあい、ごくふつうに考えて、明治期の北村透谷等の「文学界」あるいは「白樺」などをカテゴリーにくわえることは、時代の特徴のひとつとして見るばあいには有効となろう。どちらも形態としては同人雑誌であるが、きわだったエコールを持つことで、存在としては自立誌に近い位相にとらえることができるからである。

版元の理解もあって、そのうえで私たちは、商業誌の意匠をすすんで纏うことで、商業誌の限界を何とか突き破って、その限界を白日に晒しつつ均衡を保つことができないかと考えた。例をあげるなら、商業誌である限り売れなければならない、商品として現前しつづけるしかないという状況を最少限に抑制しつつ、ひとつの独立した表現作品としての雑誌とのあいだに、均衡を構想するというぐあいであった。「自立誌と商業誌を別つものは、もとより形態が負った商品という刻印の有無ではない。思想における共同を志向する意志と、その成立の根拠をめぐっての分岐である。いまわしい刻印をあえて甘受しつつ、それゆえいっそう強靭な自立の意志を縫いあげること、それがこの胎児の運命である」とは、このとき発刊にあたっての、「日本読書新聞」のインタビューに応じた私の発言の内容だが、この時代特有の少々まどろっこしい言いまわしを別にすれば、内容そのものはうまく伝えている。

もともとこの雑誌は、当時同社が出していた「青素」の編集を佐々木幹郎がすすめられたことから、年長の私へ彼から持ちかけられた話であった。当時の彼はかもしかのようにしなやかで、すべての面で自信に満ちていた。

あっけない幕切れになってしまったが、今、考えて、私たちのがわに、若さも手伝って表現者特有の過剰なまでの潔癖性が働きすぎたという気がしないわけではない。もう少しゆっくり話し合ってすすめるべきでもあったろう。たった二号に終わってしまったが、この間、私は編集人の意図を突き出すという意味で、編集後記ではない三十枚に近い文章を書いた。執筆者との対話も、ぎりぎりのところまではやった。そのひとつひとつが、戦後からの返照であり、みずからの立脚点を求めての試行だったように思う。

七〇年代に入って「白鯨」を出す。「犯罪」の杜絶を受けての、同人雑誌という設定による再生であった。

II　「犯罪」から「白鯨」へ

金時鐘『新潟』

二〇〇八年十一月、連休を利用して、私たち関西のメンバーが共同して、「現代詩の現在を語ろう、読もう、聞こう」をスローガンにした現代詩セミナーを神戸の地で開催した。講演は二つだけにして、十八名の講師団は討議に参加する発話者となり、いくつかの分科会を設定して、横断的に参加者全員が発言の機会をもつようにした。そのときの講演録は「現代詩手帖」二〇〇九年一月号に掲載されているのでご覧いただけたらと思うが、そのうち佐々木幹郎の演題は、「詩を書き始めた頃――一九六八年前後」となっている。これは絓秀実が主導した同誌二〇〇一年七月号の特集「68年――詩と革命」をいくぶんかは踏襲するかたちで、準備の過程で河津聖恵が関心を示したテーマだった。ただ、ここで取り上げかつ情況論で終わらせないで、当時の表現論をもっとも瑞々しく語れるのは佐々木幹郎以外には居ないだろうとかんがえ、じゃと彼に即するつもりで詩を書き始めた頃とした。「オレを年寄り扱いしたな」とあとで少々叱られたが、そんな経緯をたどりながらそのときふと思われたのが、もう十年以上前一九九六年一月から二年に亙って「現代詩手帖」に連載した「詩的60年代」というエッセイのことだった。そのときにはもう少し続ける予定が、急遽詩誌評を担当することになって杜絶するかたちになり、その分どこかやり残した気分になっていたのがよみがえったのである。そのことを知って今度編集部がこうして誌面をあたえてくれたのだが、そんなことを反芻しながら今いちどそのときの文を読んでみると、なるほど最後が「雑誌「犯罪」事情」と銘うたれて七〇年のことになり、辻褄は合わせてあるが、そこにいたる六八年前後はまるごと抜け落ちている。同時に、私はずっと関西に住んでいるのに、その関西の模様もほとんど書かれていない。「犯罪」をいっしょに編集した藤井貞和に佐々木幹郎、また関西に一貫して在住しながら全国的視座で活動を続けている金時鐘《キムシジョン》や坪内稔典の六〇年代も書かれていない。もっとも私はこの文を回想というよりは私なりの詩意識の検証ということで書いてきたし、今回もそこから逸脱する気は少しもないので、書いてないからといってそのこと自体はちっとも気にする必要もないのだが、逆に大事なところが抜けているようだとそれは困る。というわけで、今回もしばらくは六〇年代の最後を巡るあたりから書きとめていきたい。

「雑誌「犯罪」事情」のなかに短くこう書きとめておいた。
「見開き真白のページを、万年筆でこつこつと埋めていた金時鐘の姿を今でも思い出す」

一九七〇年夏のことだった。つぎに掲げるのは金時鐘の集成詩集『原野の詩』の巻末につけられた野口豊子作成の年譜の一節である。

東京の出版社から『新潟』が届くという日、私は、倉橋健一に誘われて金時鐘の自宅を訪れた。家の中から犬の鳴き声がして、玄関に入ると強烈な匂いがした。後で漢方薬の匂いと知った。部屋には届いたばかりと思われる二個の小包が置かれてあって、その一個の開かれた小包の前に金時鐘は正座していた。金時鐘の来歴についても、「在日」という言葉についても何一つ知識をもたず、たまたま同行した私であったが、詩原稿を金庫に保管して十年間持ち歩いたという話は十分刺激的であった。その日、最終電車に揺られ『新潟』のページを繰りながら帰途についた私には、詩の意味もほとんど理解できないまま、厳粛な儀式に参加したという思いが強く残った。金時鐘は印刷ミスの多かった白紙のページに、一字一字詩のフレーズを書き込んでいた。

犬は雑犬で順喜《スンニ》夫人とのあいだに子供のなかった彼は座敷にあげて飼っていた。それにしても詩原稿を金庫に保管して十年間持ち歩いていたという事情を私が知るためには、さらにもう四年遡ることが必要だ。

一九六六年の六月、私の最初の詩集となった『倉橋健一詩集』の出版パーティが、大阪梅田のビヤホール「ミュンヘン」で開かれ、小野十三郎、井上俊夫、港野喜代子の他作家の眉村卓、北川壮平らも参加してくれていた。大阪文学学校の講師をしていたせいで在校生の滝本明らが準備をしてくれて、総勢四十名近くが集まっていた。だが始めたとき、金時鐘の姿はなかった。古い住所あてに案内状は出してあったが、当時の彼は彼の書く詩や詩の方法だけでなく、日本語で書くこと自体反民族的であり反主体的であるとして、彼の所属していた北朝鮮系の組織である朝総連から激しい批判を受け、いっさいの創作活動から遠ざかることを余儀なくされていた。そのため私のほうも案内状を出すには出したが、はたして手にしてくれるかどうか状況をまったく摑めないままになっていた。それが宴たけなわになって突如姿を見せてくれたのだった。おおという雄叫びのような歓声があがり、手が痛くなるほどの握手がなされていった。金時鐘の人柄を知ってもらう意味もかねて、ここもまた金時鐘年譜に引用されている、若いメンバーの印象記を紹介したい。

指名され、窓を背にして金さんが立ってしゃべりはじめると、その場の熱気はそのまま金時鐘という人の身体に合ってしまったような、あるいは逆に、金さんの熱気がその暑さの源でもあったのかと思うほどの感じで、彼は倉橋さんという一青年との出会いから語りおこし、遂に詩集を出すに至ったその経過を讃え、ひたむきに熱っぽく親意を表わしたのだった。それに私は感動した。一人の人間の情熱とか愛情とかいうものが、そんなふうに生な言葉で表現出来るとは思いもよらぬことだった。

（森沢友日子）

その夜私たちは金時鐘に誘われるまま、猪飼野の彼の家にお邪魔をしてふたたび飲んだ。そこで小型の耐火金庫のなかにたいせつにしまってあった『新潟』の草稿をはじめて見たのだった。五九年「海の記憶」という題で構想され、六三年には完成していた長篇叙事詩であった。タイトルになっている「新潟」は、五九年十二月に始まった在日朝鮮人の北朝鮮への帰国船が新潟港を舞台にしたことと、朝鮮半島を二つの国家に分断している境界線になっている北緯三十八度線が、新潟市の少し北を走っていることから採られている。そこにすべてを象徴するように、この詩集は日本の植民地時代から戦後の分断国家にいたる民族の苦悩を、孤高の在日朝鮮人の眼差しをとおして深く内面化した詩集であった。

（ついでながら、金時鐘は一九四七年、のち済州島四・三事件とよばれるようになった、南朝鮮だけの分断国家樹立に反対した武装蜂起に参加した若き南朝鮮労働党員であった。三万人もの死者が出たなかで、かろうじて日本へ遁れて生きのびた。そのことは私などは個人的に聞かされて知っていたが、今世紀に入るまで、その深い内容については金時鐘自身記憶を凍らせて語ることがなかった。語り始めたのは北朝鮮政府が拉致問題をみずから認めてからであった。だが、その結果、詩集『新潟』にはこの記憶が暗号のように書きこまれていたことも知るところとなった。残念ながら七〇年の時点では、私自身いろいろ聞かされていた立場にありながら、原風景としてそこまで読み取る力をもたなかった。たとえばこの詩集は「雁木のうた」「海鳴りのなかを」「緯度が見える」の三章より成っているが、この二つ目の章には〈町で／谷で／死者は／五月を／トマトのように／熟れ／ただれた。／捕えた数が／奪った命を／はるかに／上まわったとき／海への／搬出は／始まった。〉とある五月のところには、済州島人民蜂起事件のくわしい注釈がついているが、注そのものをも詩として読み取る力も私にはなかった。近年になってそこに踏み込んでいるのは、細見和之の「一篇の詩の記憶しているもの」などである。）

こうして私たちはまるく輪になって、地底からこみあげて来るような彼の朗読を聞いたのだった。

もともと金時鐘の詩型は、まるでマッチ棒を並べるように、短いセンテンスでつぎつぎ改行していくところに特徴があり、この改行自体が硬質なリズムをつくり出す。また諷喩が目立つのは、母国の伝統詩歌の影響もあろう。この詩集は最後、

亀裂が
鄙びた
新潟の
市に
ぼくを止どめる。

忌わしい緯度は
金剛山の崖っぷちで切れているので
このことは
誰も知らない。
ぼくを抜け出た
すべてが去った。
茫洋とひろがる海を
一人の男が
歩いている。

で閉じられる。この時期、私がこの詩集に見たのは、まさにこのたったひとりの朝鮮人金時鐘ということであった。言語的な立場から見ても同じことがいえると思う。組織のあらゆる強圧に耐えても日本語表現をやめなかったのは、植民地統治がおこなわれた少年期に身妊もらせたものが日本語であり、日本語は意識の機能として、彼の裡に最初に居坐わった言葉だったからである。そして私が知るかぎり、その一点を明確に意識化した朝鮮人も金時鐘ひとりであった。私などから見れば一種吃音やつんのめりにも聞こえる彼の音感そのものが、たったひとりを表現していたということである。

話はあっちにこっちに飛び火するが、金時鐘が私の出版パーティに来れたのは、結局はその前年あたり、組織の「ヂンダレ」（当時金時鐘、梁石日《ヤンソギル》、鄭仁《チョンイン》らがやっていた在日朝鮮人の同人誌）批判がむし返されるなか、朝総連の組織関係からいっさい切れていっていたからであった。そうと知ると早速翌日から大阪文学学校の講師団にもくわわれということになり、構造社の『新潟』発行へと連なる。

たしかに構造社にこの原稿を持ち込んだのは私であった。支路遺耕治の『疾走の終り』といっしょだったが、何のことはない版元が関心を示したのはビート風の詩を書く支路遺のほうで、金時鐘の詩集は知名度が低いとかなんとかいって、なかなかみこしをあげてくれなかった。今日では金時鐘学ともよばれ卒論のテーマに選ぶ若者たちもふえているが、七〇年の風土の一面はそんなものであった。もっともそこには何年かに亙って組織問題に呻吟していたという、金時鐘自身の私的事情も介在しよう。「組織は彼を改悛させようとした。ブルジョア的思考から、在日という存在と意識の二律背反から、詩の悪夢から、政治的人間になることを。金時鐘の感性は本質的に詩人だった。……彼は二十四、六時中、詩のことを考えていた。あらゆる経験が詩と直結していた」（「時の開示」）とは梁石日の弁であるが、その間のある時期、私たちのなかで見えざる人になっていたのは事実だった。黒田喜夫に事情を話し、彼から版元を説得してもらって、つまり黒田喜夫を債務保証人のような立場に置くことで、ようやく『新潟』の草稿は金庫から日の目を見ることになった。とどのつまりが落丁本であった。ただそのことを恨むことなく、黙々と白紙にペンを走らせていた金時鐘をやはり忘れることができない。もともとが楷書で一文字一文字ていねいに書くタイプで遅筆家といってよいが、それだけにどこか禅僧の趣きさえ感じさせた。それでも万感胸に迫る思いだったのだろう。今いちど彼の文体に話をもどすなら、この不器用さもまた荘重を響かせるのである。出版パーティなどでどんなに騒々しい場でも、彼が立つと一瞬静まり返ってしまう。それを知って、彼のスピーチをわざわざ宴たけなわにまわす人もいる。先に紹介した私の出版パーティ時の印象記もそんな雰囲気から感じられたものだったろう。これも先にのべた「現代詩手帖」の六八年特集の折は細見和之が、「倉橋健一、もう一つの〈詩史論〉の可能性」という長文のエッセイを書いてくれたが、その要点になったのも、私の金時鐘への対応、関心の抱き方であった。

佐々木幹郎『死者の鞭』

佐々木幹郎のごく初期のエッセイに「水の楽器――わが法廷」というのがある。井上光晴が編集していた「辺境」三号（七一年一月刊）に発表されたものだがこのエッセイ、この頃大阪淀川の毛馬の水門で夜間水守りをしていたことから始められる。目に沁みこむような、風景を内面に溶かしこんでいく展開で、ここは私自身もよく訪ねただけにいつまでたっても忘れ難い。語るより示すほうがよい。導入部をそのまま紹介しよう。

まず斜めに滑り落ちていくという感覚がある。その不安に抗うようにして、わたしは堤の叢に深い位置を占める。目の前に伸びあがる樹は、晩秋だというのにまだやわらかい葉を光らせている。わたしは太陽を直視することができない。目を閉じると、目蓋の上に熱い火がおちてくる。生活の音が、まるで遠い鉄橋の上を走る車のように通りすぎていく。これは幻なのだろうか……。わたしがここに居るということは。洗堰から放水されている水の音が、しのびよる水の香りと共にやってくる。言葉が浮きあがってしまう、わたしは河原に散在する釣人のように、言葉を曳きよせようとして起きあがる。手首を這っている二匹の蟻の行方を見守りながら、ふいに爪で弾いて、翔んでいった真下の河面に目を落とす。砂利船が水面すれすれに荷を載せて単調なエンジンの音を響かせて流れ、わたしの視線と出逢ったあたりでふいに音を低める。船はゆるやかにカーブしはじめた。しだいに赤煉瓦づくりの閘門へ吸いよせられていく。それが河に長く伸びた突堤の向う側へ姿を消したとき、わたしは咥えていた煙草に河原に逆らって火を通すことに成功している。

大学闘争のあとで学校をやめ、実家を出て自活生活をはじめた頃で、たしか闘争時に彼の属した党派の先輩が紹介してくれた仕事場だったように思う。たったひとりの水守りといっても平穏な日は一定時間毎水位をメモするだけの仕事だったから、本や原稿用紙を持ち込んでの彼にはうってつけの仕事場だったろう。毛馬というところは大阪市内に入った淀川が中之島のほうへ入るところで新淀川と分かれる地点、蕪村生誕の地のすぐ近くにある。台風など水嵩を増した夜は洗堰にひっかかる猫の死骸なども掻きあげねばならないらしいが、ふだんは人気のない掘っ立て小屋にひとりいて、合間合間には堤防を散策したり水遊びの気分になることも楽しみのひとつになっていたようだ。「犯罪」の編集にたずさわった時期にかさなって、藤井貞和もこちらに来て、小屋に備えてある非常用のボートに機嫌よく乗っていることもあった。

いつ佐々木幹郎と会ったろう。今は亡くなってもう居ないが、滝本明という当時「現代詩手帖」に投稿していた詩人がいて、同じ仲間の水川真から支路遺耕治、佐々木幹郎を紹介されたと書き残しているから、その連続だったことはまちがいない。滝本も支路遺も前後して当時文学学校では私の教室にも在籍した。といっても私もまた若かったからちょっとした兄貴分といった程度で、滝本からは『カムイ伝』や『忍者武芸帳』など教えてもらい、支路遺からはマリファナを吸わせてもらったりして、私にとっては後代の世代の文化情報源になっていた。いずれにせよ、佐々木幹郎にとって詩の出立を告げることになる記念碑的作品「死者の鞭」は、この回路で「同志社詩人」で読んでいた。つぎに紹介するのは三つの連作からなる「死者の鞭」の最初の「橋上の声」の第二連である。

時は狩れ
存在は狩れ
いちじるしく白んでゆく精神は狩れ
意志の赤道直下を切り進むとき
集会のなかに聞き耳をたてている私服刑事の
暗い決意のように直立する

地球の突然の生誕の理由
描かれない精神の地図
中断された死者の行為の色
やさしく濡れてくるシュプレヒコールの余韻
雨はまた音たかく悲怒を蹴り上げている
アスファルトを蛇行するデモ隊の
ひとつの決意と存在をたしかめるとき
フラッシュに映え　たぎり落ちる
充血の眼差しを下に向けた行為の
切断面のおおきな青！

読んで、率直にいってきわめて新鮮な戦慄を感じたのだった。飛躍を怖れずにいえば、かつて漱石が坂本繁二郎の「うすれ日」の荒涼とした風景のなかの牛を見たとき「この牛を眺めていると、自分もいつか此動物に釣りこまれる。さうして考へたくなる」と評したが、ちょっとそれに似ている。もっとも対象はちがう。繁二郎の絵は静であり、佐々木の詩は動であり情況詩である。しかし六〇年安保闘争時に書かれた詩ともちがって、ここでは外部の風景はことごとく内部の眼差しを通してのみ描かれる。そこに生じる現実性の幅と幻想性の幅のもたらすずれこそが詩なのだ。そして滝本明や支路遺耕治がこの時期の時代の意匠を一心に纏うのにたいし、どこか私などとも地続きなのも不思議に思われた。言葉をかえれば鮎川信夫、田村隆一、谷川雁、黒田喜夫の詩とも無関係ではない。ゆえにこうも思ったのだった。彼もまた黒田喜夫の飢餓論のように自分の飢餓を書こうとしているのではないか。その点からもまぎれもなくこの時出現した思想詩であった。導入部を見よう。

ナロードの祈りに似た
ねばい朝のミルクの
垂れてくる安堵の色つやをながめ

この神経質にも見えるささやかな微視的な行為のとらえ方はどうだろう。生きのびている自分の現在を実感させるものはねばい朝のミルクの色つやであり、そこに知らされたばかりの死者(ベトナム反戦の全学連の羽田空港デモで死んだ、佐々木にとっては高校時代の友人山崎博昭。したがってここでは私化された死者としての二重の意味をもつ)の記憶が重くモンタージュしていく。ああこんなふうにして現代詩はいま存在して、あるいは存在しようとしているのだとしみじみ思ったものだった。モーツァルトは主題として一と息の呼吸、一と息の笑いしか必要としなかったといったのは小林秀雄であった。佐々木のばあいその一と息とはそこにいたことだったといっていいだろうとも思った。そのあとに一篇の詩は完成した。このときには発表のあてはなかったとものちに聞いた。詩はそういう書かれ方がいちばんよいとも思った。この詩にいち早く憤怒のメタフィジックというユニークな表現で注目したのは北川透であった。憤怒などという情念を詩の方法の問題としてあつかえるかという問いかけが前提になっているが、私の着目した行為のあとの時間（詩を書いている現在）への着目もそこに通じる。

さて、今少し「水の楽器」である。このエッセイは、「辺境」からの原稿依頼では、彼の立たされていた法廷のメタフィジックを書いてくれということだったろう。毛馬の心象から語り始めた彼は、蕪村の見た淀川に思いを馳せ、そこからさらに水の考察へとゆるやかに湾曲しながら、法廷の時間とそれに立ち合わざるをえなかった自分の内部へとテーマを重ねる。だが法廷に話がおよんだとたん、そこに露出してくるのはいいようもない徒労である。「現実の〈法廷〉とは〝忌わしい無駄な時間〟である。冒頭意見陳述から最終意見まで、〈時間〉はひたすら判決をめざして引きよせられている」

毛馬にいた時間帯は、この徒労の経験の時間ともかさなったはずであった。そして毛馬以降の作品は詩集『死者の鞭』より三年あとの七三年に刊行された『水中火災』に収められることになった。そう思ってこの詩集を取り出してみると、冒頭にこの「水の楽器」が収められ、そこで引かれている「水あかりまで」という詩が詩篇の最初に置かれている。うっかりして今まで気づかなかったが、この詩集は毛馬が生み出したといってもよさそうだ。十一月のセミナーでは会場のうしろのほうに季村敏夫がいて終始うつむきかげんで聞いていた。「死者の鞭」の草稿を手渡されたのは当時「同志社詩人」の編集部にいた彼らだった。表現の問題として語るかぎり一九六八年はなお有効な気がする。

支路遺耕治『疾走の終り』

一九九八年十一月の晦日になって、川井清澄こと支路遺耕治がなくなった。肺ガンによるものでまだ五十三歳だった。北川透の言葉を借りるなら、「一つの時代の画布を引き裂きながら、あるいは引き裂いているように見せながら、疾走していったまま、再び姿を見せない詩人」（読売新聞夕刊「詩の月評」一九八一・五）だった。

翌年九九年の暮れになって、故人が生前ひさかたぶりの詩集出版の相談をしていたというリトル・ガリヴァー社から、『幻のビート詩人　支路遺耕治と川井清澄読本』のタイトルのついた全詩収録の一冊が刊行された。さらに翌年の夏になって、今度は支路遺自身よく寄稿もしていた詩誌「火の鳥」22号が、こちらは支路遺とは三十数年に亘って交遊のあった志摩欣也の手になる特集を組み、「追悼　支路遺耕治特集号」とした。ここでは支路遺にこだわったのと、年譜も初期に重点をおいて、支路遺に寄り添うかたちで作成されており、私など知るよしもなかった詩への出立時のようすなどもうかがえて、印象深かった。それにしても私におどろきだったのは、詩人としての支路遺耕治をみずからの手で抹消して二十年も経ってなお、詩人としてのいとおしさを誘うタフな人気だった。川井清澄と本名にもどしてなお細々と書きつづけたとはいえ、支路遺の魅力とはいったい何だったのだろう。

思えば、私が彼と直接かかわったのは、彼が大阪文学学校に入校してきた六五年から、独力で出していたリトル・マガジン「他人の街」を十四号で閉じ、構造社から『増補　疾走の終り』を刊行したあとの、七〇年秋頃までだった。たがいの路線が少しずつくいちがっていたからだったが、ただ、今度読本の年譜をみていたら、同じ時期、「銀河詩手帖」(東淵修発行)創刊に参加、しばらく編集をつづけており、釜ヶ崎在住を前面に出したこの種の企てには私は好意をしめさなかったから、あるいはそのあたりが原因していたかもしれなかった。

こうして、顔を合わせる機会がなくなってなん年も経って、子ども連れの女性と再婚、今度は家族を養うために本気になって葬儀屋に就職、湯灌などの仕事に従事していると聞いて、ようやくこれで、ひとつの謎がとけた気になった。見えざる人になったのは生活することだったわけで、その変身が、ある時期のランボーを思わせるようで面白かった。いかにも支路遺らしいと、密かに拍手を送りたい気にもなった。いちどだけ大阪港区の実家の町工場で油にまみれてはたらいている支路遺をたずねたときのことも思い出した。旋盤をいじりながら、「うちのオヤジ、いつもふっと居らんようになるもんやから、給料も時間で計って、きっちりした分しかくれよらん」と、こぼしながら、そのときも屈託なく、外でしばらく待っていると奥に消えて、すぐ着替えをして出てきた。といって、父親らしい人からはただのひと言もかけられず、どこかあっけらかんと父子の関係が成り立っているらしいことも、妙に気さくな光景として記憶に残った。そして結婚、就職につづいて、支路遺耕治を名乗らなくなったことも噂で知った。そこも生活者にいたる計算尽くめの一齣に思えて、その覚悟に納得した。

こうして月日が流れていった。たまに川井清澄の名による個人誌「私信」や自家版の詩集が届くと、こういうささやかな恢復の仕方もあるなと思いつつ、別に返信もしなかった。『あいまいな自伝』が最後となった。その死もあとで聞いた。それだけに、その後刊行された二つの出版物は刺激的だった。そう思ってページを繰っていると、やはり光彩を放つのは、六〇年代の後半から七〇年代のはじめにかけてであり、いわゆる支路遺耕治の時代に尽きる。読本のなかに自筆年譜の部分があって、そこから一節を紹介しよう。

十八・九歳頃、絵を描くため上京。〈オギクボ〉でアパートを借り、美術研究所に通い、かたわらで現代詩の詩作を始める。東京でわずかな詩人、詩誌、そしてわずかな人と出逢う。約二年後、帰阪。帰阪後、天王寺美術研究所に通い、デッサンを始める。詩作も同時進行であった。

この頃より、一層強く詩作に入る。大阪の極少の詩人と出逢う。

〈大阪文学学校〉にて、さらに詩作、詩作の交際範囲拡大にともない、より活発に行う。この頃より、絵から少しづつ遠のき、詩作に一層加速。
一か月程のヒッチハイクに出かける。ヒッチハイクで東京に至り、新宿で詩作者、森泉エリカ（三浦美代子）と再会。すぐ結婚。大阪にて生活を始めるが約二年足らずで破局。日々ハイミナール中毒の生活。

これ自体はよくありがちな話。絵に踏んぎりがつけられなかったようで、はじめはその埋め合わせが詩であった。そのまま帰阪。そこで私などもひっくるめた日々がはじまった。支路遺耕治の筆名をつかいはじめたのもこの頃。「他人の街」創刊は一九六六年、二十一歳の時だった。こんなことを頭に置きながら、『増補　疾走の終り』の冒頭の作品「壁もしくは序説の構図」の導入部を覗いてみよう。

透明にただ走るわたしの終り
輝く斑点！その
いたる処刑のちぎれたせばまる空に保たれる舌が肉の海をさぐり
透視に連なり・詰めた朝の気配
を刈りとるわたしの・つまの・唄は

世界の寒いシーツの涯をころがってゆくのだすべては嘔吐になぶられ
闇を巣くい唾にまみれ呪文まみれの日常
果てる朝の濃い部屋
を拭いては落ちてゆく筋肉がみえたその馴染む夜明け
唄う私語・餓死・皮づたいに新鮮な汁にうたれ
埋めてゆく舌の旅
また旅のはずむ石造のくらしが拡大に消える凍った顔に化けて
肉に断たれた堕胎をどのような断章もないまま
透明に炎えだすたくさんの唾
が家々の毛の罠を巻いてはめぐるのは
いつもその日照りののどだ

ごらんのとおりである。情念過多ともいうべき夥しいけばけばしさといったものは、支路遺耕治の詩に一貫する、いわば原色である。処刑、呪文、餓死、堕胎など挑発的な語彙が点々するが、かならずしもそこに、固有の価値が偏在するものではない。この詩自体は、ひと組の男と女のいる風景であるが、むしろ饒舌による内的な喧騒や騒音のなかに、支路遺耕治のもつ彷徨感覚を読みとるほうがよいだろう。その一方で、あらゆる意味を剥奪しても一気に言語の闇に誘い込む、リズムをともなった吸引力があり、この時代多くの共鳴者を獲得したのも、この脱知性ともいうべき、詩全体の妊む無政府性だった。そこに私は独特な演技力も感じた。ただしレッスンをつんだものではなく、はじめからのそれとして提示される自動的なものだ。彼の詩には散文詩型があったり自由詩型があったり、いずれも長い。がもともと言語的構造的にどこをどう切り取っても、そのこと自体で彼の詩を見まちがうということにはならない。そこがまた読み手の読みの自由を保証し、そのまま長所であったり欠陥であったりするが、底辺感覚としての魅力ともなる。ちょうどその頃、「日本読書新聞」の人物スケッチで、彼についてこんなふうに書いたことがあったが、今もかわらない。

彼には東大の安田トリデに匹敵するような美しい原光景はなかった。肩をすぼげ、あらぬことをぼそぼそ口走りながら、貼りつく音なくふるえるおのれの肉色の顔を、唄えぬ唄を信じこむように見つめていたのである。

ここで多少の誤解を覚悟しつつ、天沢退二郎の詩作を語った、つぎのような発言をかぶせてみてもよい。

それが何であれ、書いているとき、私は自分が軛に繋がれているのを感じる。首にはまっているものは自分がつくりだしたものであるのに、書こうとしはじめるや否や現われるそれを私自身は見ることができない。苦しいとは必ずしもいいきれないので情動的には名づけようがないがただ軛に繋がれているという殆ど生理的な実感のために私は息をつめてまるでかたい板面を触覚もなしにすべっていく。

（「わが現在詩点」）

支路遺耕治ならさしずめここを、知によってではなく、生理的な感官によって自家薬籠とするであろう。

どこがオリジナルというのでもない。どこかがまぎらわしいといえばすべてがまぎらわしいといってしまいたいような、すべてが五目飯に似た攪拌状態が、支路遺耕治の詩の特徴であった。雑居性、ゴッタ煮的、ブイヤベース的といったのは安宅夏夫だが、もしそこを独創的というならいってしまってよいと思う。そここそが支路遺の熱線の源であった。

ついでながらこの支路遺は、一九六八年、北川透が佐々木幹郎の「死者の鞭」をこの年の代表作に選んだとき、同じように「正午の病・夜の旅」一篇をもって評価の対象となった詩人であった。くしくも私は同じ頃このふたりに出逢うことになるが、不思議なほど同席した記憶がない。このあたり「火の鳥」特集のなかで笠井嗣夫がいっている、「凶区」の活動が「戦後詩」以後の詩的な状況の知的な上限を担っていたのに対して、支路遺耕治ら「他人の街」の詩人たちは、この時代の詩的な大衆性を体現していたという意見に賛成である。

一九六九年、私は、「他人の街」とは縁戚関係にあった「凶地街」という雑誌が出た折、少々まとまった支路遺耕治ノートを書き、難儀して彼の語法の分析などやったが、結果的に、支路遺の詩意識は、不安にみたされた非行文化のなせるわざともいいうるのではないかと、こう書きとめた。

ここで、私が言う非行文化とは、綜合にいたれば破局をしめすが、おおくの破片にとどまるかぎりは、独特の攻撃力と堪能性を秘めており、いつしか破片と破片の連想力によって構築された空間が、空間そのものとしては実現されないで、どこまでも堆積の量としてのみしめされるような状態をさす。つまり、非行文化とは、他方でたえず自己陶酔的であり、非合理でもあるだろう。自己否定的であるよりも自己公開的であり、多少は擬似否定の密室化という俗性もそこにはふくまれる。私は支路遺の詩は、まさに、非行文化のその性格と照応していると思う。

冒頭で引いた同じ文のなかで、北川透はこう言葉をついでくれた。

わたしは、それが同時に、時代現象でもあったことに注意したい。そうすると、〈非行〉が思想化の契機をもてないまま、急速度で風俗化していった、六〇年代から七〇年代へかけての詩の転回が浮き出てくる。

支路遺耕治に不幸があったとすれば、まさにこの一点にかかっていたといってよいだろう。この不幸をふくめて支路遺耕治は時代の子であった。そしてこれも笠井嗣夫のいうとおり、ジャズ喫茶の暗がりのなかで読むには、「他人の街」はよく似合い、そうなることで時代を担っていた。

私的大阪文学学校事情

大阪文学学校（略称・文校）の名がよく出るので、ここでしばらく道草をするつもりで、この学校をめぐっても少々語っておきたい。

開校は、戦後の余燼がまだまだ続いていた一九五四年だった。仕掛人は当時大阪総評の事務局にいた松岡昭宏という青年。ヒントは、それに先立って、数年前から小野十三郎が開いていた「夜の詩会」という詩話会だったが、その頃なぜ職場や地域に自己表現の活動が広がりはじめたかを、自分なりにかんがえる機会にしたかったからだと、のちになって内的動機についても回想している。それによると、当時すでに東京で「新日本文学会」主導で展開していた日本文学学校から、ノウハウをもらったらしい。だが、結果的には小野十三郎が校長になったことと、発案者の松岡昭宏が無党派の若者だったことで、日本文学学校とはとくに一点、大きく拒った性格をもってのスタートとなった。それは東京のようには特定の政治イデオロギーの支配をまったく受けないスタートになったということだった。開校期の講師・チューターの顔ぶれを見ればすぐわかる。小野十三郎を中心に、桑原武夫、富士正晴、長沖一、矢内原伊作、長谷川龍生、黒田了一、榊原美文、小島輝正、浜田知章、田木繁、竹中郁、藤本進治、港野喜代子ら。やがて足立巻一、依田義賢、井上俊夫なども名前をつらねた。『自伝　奇妙な本棚』のなかで、小野十三郎はこんなふうに往時を回想している。

昭和二十六、七年のくそおもしろくもない政治的季節も、わたしのすぐ周囲にこのようにたくさんな若い世代の人間が渦巻いていたという意味では、わたしにとっては、雲間からパッと一すじの光りが降りている野面を見るような収穫の季節であったと言ってよいだろう。しかし、詩や文学の問題に即して考えると、わたしはほんとうに若い世代に共感していたとは言えないし、また若い世代の作家や詩人が、私の作品に見られる物の考え方や感じ方に対して全面的に同意していたとも思えない。最後まで互いの間に違和感がつきまとうことはどうしようもないのである。

この後段は、小野という人物をとらえるためにはたいせつだ。この学校の校長を依頼されたとき、小野は戦前まだ東京にいた頃に読んだ、スペインの無政府主義者フランシスコ・フェーレルの書いた『近代学校の起源とその理想』という本に出てくる、近代学校運動のことを思ったらしい。フェーレルは自身がかんがえた独自の学習法によって、文学だけでなく政治、経済、思想、科学、哲学、宗教と、広く文化一般にわたって知識を習得し、その実践をとおして人民の自立思想を培うことを目的にしたが、そう思って顔ぶれを眺めると、なるほどそのラインに適う仕組みになっている。

かくて、結果は予測をこえた二六〇名の参加者となり、講義も二つに分け、学習の単位となる組会は十六組にもなって、各組会は自分で教室を探しまわったと記録は伝えている。学習の基本は組会で、みんなが書いた生活記録をそのままテキストとした。

と、成立事情はこれぐらいにして、私がこの学校運動にくわわったのは一九六三年の秋からだった。この頃になると事務局も居候をしていた総評PLP会議のハト小屋と呼ばれた小部屋を出て、自前でビルの一室を借りるようになり、従来の夜間部にくわえて昼間部、通教部を新設、運営機関として大阪文学協会を設立、機関誌「新文学」を創刊するなど、体制固めの転換期にむかっていた。本科の学習期間は五か月、そのあとに研究科があった。講師とくに組会をアドバイスするチューターの充実が必要とされていた。同じ頃、作家の眉村卓、北川荘平らがくわわり、先輩に野村修がいた。といって、文学運動としては功罪相半ばして擬似的な面もたくさん残していたが、OBたちに在校時のようすを聞いてみると、講義ではサルトルにたいそう人気があったようなのが、時代の風潮を反映していた。ともあれ、全体が若く生徒の大半は二十代の前半であり、活気にあふれていた。こうしてかかわって二、三年のあいだに、滝本明、青井(中塚)鞠子、支路遺耕治らとも出逢うことになった。余禄のひとつは、大阪がジャーナリズムを中心の文学市場である東京ととおく離れていることと、先にのべたように学校自体が党派や流派にまったくこだわらなかったことがかさなって、よい意味で情報を交換したり刺激し合ったり、文学サロンの雰囲気を醸し出したことだった。

私に三年おくれて松原新一がくわわった。京都大学在学中に「亀井勝一郎論」で「群像」の批評部門の新人賞を受賞したこの気鋭の文芸評論家は、私より六歳若く、この時はまだ二十六歳のはずだった。しかし、すでに思索者のどうどうたる雰囲気を湛えており、ひと言ひと言かみしめるように語りはじめると、会場からはすべての物音が取り払われて、雪の野にいるように静寂そのものになった。静寂を呼び醒ます魔的な魅力をそなえていた。それだけでもう沈黙世代のチャンピオンだった。そして、その翌年、先章でのべた事情があって、金時鐘がくわわった。まもなく研究科が松原、金、私に土方鉄をくわえた四クラス制がとられたことと、同じ日に顔を合わせることから、急速度に緊密度を増していった。よく飲み、金時鐘の言葉でいえば「中年三不良」の異名で呼ばれるようになった（もっとも松原新一は酒はそんなにつよくなく、金時鐘とは一回り齢のちがう彼を中年組に入れるのは、ちと可哀そうだ）。

そこで、私なりの私的事情をふくめた挿話をひとつ紹介しておきたい。一九七四年夏、小野十三郎夫妻を招待して吉野へ旅行した逸話が、小野の『空想旅行』という続自伝に出てくる。

駅から近いのに、桜のシーズンがとっくに去っていたためか閑静な温泉旅館で、松原君がいっていたように宿の人は親切で、料理も酒もうまかった。昼間は、みんなでカード遊びなどやって遊んだが、夜がたいへんだった。金時鐘と倉橋健一の間で、それこそ血を見んばかりの激論が闘わされたのである。二人は松原新一と共に、この日の翌々日に大阪の毎日会館ホールで催される『民族詩人金芝河の夕べ』の準備のために、ここに来る数日前から奔走していた。詩人金芝河をはじめ、いわゆる民青学連事件関係者全員の即時釈放を韓国政府に要求するということは、当面の緊急課題として文学学校の多くの人の頭の中にあって、学校の名においても声明文を出していたがじっさいに事にあたったのは、学校の内部ではこういう人たちと他に少数の者がいただけだった。金時鐘と倉橋健一の論争は、この金芝河の問題にかかわる。

つぎはその時のようすを語った、松原新一の毎日会館ホールでの言葉である。

詩を書くことによって殺されようとしている人間を救う道は、詩を書くことによっての他はないのだと説く一人の日本人文学者の主張にたいして、そのような単純なまでの文学的な理念によっていったい私たちの直面している現実が一寸でも動くと思うのか、お前のいいぶんは、文学的な、あまりに文学的ないいぶんではありすぎるではないか、まさに秒きざみに死を迫られているとらわれの同胞の生命をどうしても俺は救いたいのだ。

そのあと彼は、「在日朝鮮人文学者のもっとも奥深いところにうずいている心情のリアリティに、はたして私は、いったいどこまで近づくことができるのか」と自問自答している。

こんなこともあった。六九年六月十五日には開校十五周年を記念して文学集会を開催。「幻視せよ 日常の荒野」をスローガンに、「文学は乱世をいかに生きるか」というシンポジウムが開かれた。報告者・松原新一、湯池朝雄らに、山田稔、真継伸彦、野村修に私なども討議にくわわった。時ならず外のほうからマイクの声が響き、階段のあたりがざわめいていると思ったら、在校生有志の「文学学校闘争委員会」によるデモ隊が、「消費としての文学集会であり、天下泰平のお祭り騒ぎではないか」と抗議にやってきた。

折から、当時大学闘争では造反教官のひとりと目されていた野村修が、学生の手によって倒壊された「わだつみの像」を例にあげながら、一般に芸術についてかんがえるばあいに、それが滅びていく道程をもみていかねばならない。彫刻のばあいは物理的な力で壊されるから道程はみえやすいが、文学のばあいは印刷つまり複製の技術が発達しているから、逆にみえにくくなっている。その意味ではこんにちの文学はひじょうに甘やかされた状況にあるのではないか、と語りかけていた。

その語り口もおだやかだったが、文学そのものに内在する危機についても印象的だった。

私にとっての一九六八年

たとえば、いま何かと話題の多い、若い詩人のひとりである水無田気流は、自分の生い立ちをめぐってこんなふうに語りはじめる。「私は一九七〇年生まれで、大量生産大量廃棄が当たり前になった高度成長期のおしまいころに生まれたんです。まさに大量生産商品のように、新興住宅地のサラリーマン家庭という日本の平均的な家庭で育っているんですが、小学校、中学校、高校は一学年十クラスや十一クラスもあって、養鶏場のブロイラーみたいな教育を受けていました」（日中現代詩シンポジウム「伝統／モダニズム――母の声、死者の声」、「現代詩手帖」二〇〇八年二月号）

ここから、「旧世代量産型」の落ちこぼれという自覚と、「普通」という概念が対象化され、その普通が醸成されるうつろう社会がクローズアップされる。面白いのは、この限りでは、ここをもし水無田流文脈として楽しむのでなければ、彼女自身はそれ以上はけっして語ろうとはしていないことである。語るのはその先で、水無田気流という断固とした個が姿を現わしてからだ。

おそらくここは、戦後もしくは私などがかかわったそこからの地続きであれば、量産型の落ちこぼれとは、あるものにとってはプロレタリアートないしはその同伴階層と自覚され、個に至る部分は、変革を目指す党派的な階級意識として収斂されていったにちがいない。つまりそこからは一直線に個の無化へと向かったのだから、これはもう水無田の語る文脈とは雲泥の落差をもつ。なんなら、そのあいだに、高度成長期に瀰漫したもうひとつの側面、大衆社会全体の中流意識をさしはさんでもよいと思うが、そうなるとせっかくの個の漂流化の意識が、がぜん軽くなってつまらなくなってしまう気もする。

と、こんなことを思ってみたくなったのも実は一九六八年には、六〇年代に入ってすぐ安保闘争敗北後の状況下ではじめた、私なりのささやかな文学運動も終熄を迎えていたからであった。たまたまこの連載をはじめた前後にかさなって、現在金時鐘研究にたずさわっている若いグループから、質問など受けたことが、私の記憶をこの年に向けてよみがえらせるきっかけになった。どうやら彼らは、金時鐘の言語活動や在日朝鮮人としてのユニークな活動を掘り起こす作業をしているうちに、あちこちに影絵のように出たり入ったりする私の存在に気づいて、それならいっそのこと、倉橋の五〇年代六〇年代をも洗ってみようという気になったらしかった。そして京都の府立総合資料館から集めた資料のなかで、これを見た私のほうが記憶を覚まされたのである。たしかに、一九六二年に「煙のせいれん所」という妙な名の雑誌を出すことでスタートしたひとつの文学サークルは、六八年十二月一日の奥付けをもつ「移動と転換」二十三号を、編集人波岡弾、発行人を私の名で出し、それをもって終刊号としている。一二六ページ建てでこの号だけがボリュームの面から見ても圧倒的だ。そこには「一九六二年私的経験について」という、発刊時を回想した私自身の文章もあるので、ごく一部を紹介しておく。

……私は構想の突出部ではかなり政治ブロックに近い存在を空想していたようだ。当時、終焉しつつあった谷川雁たちの「サークル村」の都市部での劇化というのが、私の空想の核になっていたが、……そのための組織論としては楕円構造という二つの原点による楕円型の軌跡を夢想したのである。いわば、二つの中央委員会による統合された一つの細部の出現という、いかさまめいたナンセンスな発想だが、しかしこの二点凝視は、いわば私にとっては組織と自由の二元論にたいする自由からの渇望と、自存の意志の切迫した表現の結果であり、もしそれがそのとき言葉（表現）の内在的根拠をいかに問うかという方法において実現されたならば、けっして今日のような不毛には終わらなかっただろうと、今でもそんな気がする着想の魅力をふくめている。

つまり私は、そのとき私なりに二点凝視の設定化を通して、まぎれもなく幻の共和国を夢見たのである。対立、抗争等をすすんで引き受け、現象としては無限の分派を意識的に形成していくことで、集合と個体との有機的相関と営為を切り開く。私の実験しうる舞台は数十名の集団にすぎないが、ゆえにもっとも凝縮された試験管のなかの装置とかんがえて、そのために個体にはたえず攻撃的意志の優先することを前提化しなければならない、と私は主張した。そして、それこそが、六〇年安保の敗走劇を経験した私にとっての、敗走の実感をもっぱら理知の力で再点検するための、私なりに発見した超克のコースだったのである。

一九六二年春、「提案一つ　労働者の思想と文学の研究会をつくる」というパンフレットを、当時、浜田知章が専従をしていた「関西国民文化会議」をとおして配ったり、周りの友人たちに届けたりすることから、私はこの運動をはじめた。「山河」を廃刊にした翌年のことで、六〇年には、安保闘争敗北後ゆいいつ九州の地でゼネストを続けていた三池炭坑の争議に出かけたことや、谷川雁ら主なメンバーが共産党から除名されたあとを受けて開かれた「サークル村」の第三回総会（すでに既存政党や組合の統制から離れた自立組織としての大正行動隊への転化の兆しを内包していた）に参加したことなどが契機になっていた。

だがこの試み、若いエネルギーを滾らせた数十名の共鳴者をえてのスタートとなったが、何分にもパンフレットそのものが谷川雁張りの晦渋なレトリックと政治主義に傾いていたせいもあって、スタート時点から、政治と文学の二元論的な状況をまるまる抱え込むかたちになり、文学プロパーの立場から思想的自立を図ろうとするグループと、戦後から一貫して綿々と引き継がれてきた大衆サークル型のグループが、そのまま混然とただ同居することになってしまった。そこに「新日本文学」系の、いわゆる反日共派の党内闘争の気分もくわわることになり、結局は、どうみてもことごとくが、擬似的なものにならざるをえない環境に追いこまれてしまったのである。その苛立たしさは、引いた文のなかにも出ていると思う。

それでも創刊号では、「いかにして共犯者たりうるか」と題して、当時国鉄（現在のＪＲ）の常磐線三河駅構内で起こった三重事故を思想的に問いつめるという、ユニークな座談会など企画している。つぎは、当時京大の医学部にいて「学園評論」の編集もしていた新井清の発言である。

こうして事故が起こるでしょう。それを分析していってこそ資本主義社会の矛盾の論理が明確にされるんだという風な分析的思考は従来、前衛や学者がやってきた思考法で、もはや古くて臭気ぷんぷんとしているんです。そういう定型の発想法ではなく、今必要なのは倉橋さんのいったまさに綜合の論理なんですよ。一見、飛躍しているんだ。飛躍しなきゃならないんです。分析的形式をとおしてもどうしようもない状況があるからこそ、逆転や綜合がいるんです。

いまさら解説してもはじまらないから、このまま紹介だけにしておくが、このときまだ二十一歳だった新井清の発言は、いかにも精神科医の卵らしく、欲望の解説、欲望の対象化という観点から、現実の背後から欺瞞的に飛び出す方法を主張して水際立っている。この新井とは論客の双璧だった波岡弾は、ずっとのちに「新井清覚え書」を書いて、こんな疑問を残している。

京大生である新井清が千里丘や此花を根城にいま想えばアマチュア意識と若干の芸術運動理念が混在した「移動と転換」になぜ顔を出したのか。

（「過剰」三号）

千里丘や此花とは私の住まいや当時の勤め先を指す。波岡弾の疑問はそんなにむずかしいものではなくて、谷川雁や吉本隆明への関心を媒介にすれば足りる。この点ではこの時期の波岡弾のほうが、「新日本文学」などに近いところにスタンスを置いていたとみるほうがよいだろう。

この新井清はのちパリ留学を経て病院勤めをしたあと、七六年三十六歳で、妻とふたりの子供を残して自死してしまった。大学時代から友人だった清水哲男には、「新井清に」とサブタイトルのついた「光のなかで」という、〈悲しみは／酒のように燃え／弓なりになって音楽は残るだろう〉と美しいフレーズで奏でた一篇の詩があり、弟の昶にも「火の声」という彼をうたった詩がある。のち「思想の科学」などにも、精神科医の立場から多くのエッセイを発表したが、「移動と転換」を思うとき、こういう友人のほうが先に立つ。今でも哀切きわまりない。

同じ意味合いから、今ひとり書きつけておきたい人物が居る。

北影一といって、『余究在何星宿之下誕生』という台湾の出版社から出した中国語の詩集をもつ、日本国籍の韓国人作家・詩人のことである。彼ともこのグループができてすぐ知り合った。といってその頃はまだ詩人でも作家でもあったわけではなく、ある日会合にふっとやってきたからだった。ぽつりぽつりと語り合い、同じ大阪北摂に住むとあって往き来するようにもなった。そんなある日、彼は長い小説を書いているといった。そして、彼の語る来歴を聞いて、大きな衝撃を受けたのだった。彼は今は日本国籍をとって日本人の女性と結婚、日本人になっているが、ほんとうは朝鮮戦争の時代に日本に遁れてきた韓国人だと告白したからである。それも一九五〇年、朝鮮戦争前夜、ソウル大学の学生で南朝鮮労働党の党員であった彼は、地下組織の一員として戦争勃発と同時に北朝鮮軍に呼応して蜂起、人民軍にくわわるが、仁川上陸作戦によって反撃に転じた米・韓国軍との戦闘によって負傷し、戦場に取り残される。このままでは命を落としてしまうと自覚した彼は、死んだ韓国兵の軍服を剝ぎ取って身につけ、アメリカ軍の陣地に逃げ込む。そこで通訳など手伝っているうちに、今度は日本から連れて来られた軍属だといつわって、まんまと日本へ帰る軍用機に便乗させてもらって、厚木基地と思いきや、伊丹基地に着陸したために そこで釈放される。でも、日本語ができないのだから、啞者を装うしかなかった。こうして基地のまち蛍が池のパン屋の住み込み見習い職人になるが、ある日英字新聞を読んでいるところを見つけられ、仕方がないので韓国軍からの脱走兵であると告白して助けを求める。事情を聞いた主人が剛腹な人物で、英語を教えることを交換条件にそのまま匿ってくれ、おかげでソウル大の先輩に連絡をつけることができて、今はこの先輩の経営する貿易商社を手伝っているという。

そういえば彼の語り口やイントネーションには少々いぶかることもあったが、もともとこの大阪は在日の多く住むところだから、取り立てて気にすることもなかった。彼はこんなことを告白するのは文学関係では私が最初であり、小説も体験にもとづいて、党の粛清の模様なども克明に書き込んでいるというのである。「君を信頼してるから告白したんや、協力してくれ」と、鳥肌が立つ思いで聞いている私に、彼はくり返していった。実際彼は自分を党からの脱走者（裏切者）と規定することで怯えているようだった。同時に私のほうは、アメリカの軍人をたらし込んでの軍用機による日本脱出劇が、大胆さとともににわかには信じられなかった。「それほどやない。アメリカのインテリ兵は薄々感づいていたようや」と、私の気持をほぐすためか、彼のほうが明るくいった。のちになって気づいたことだが、おそらく彼の身を助けたのは不敵な才覚や大胆さもさることながら、それ以上に人並みはずれた語学力だったろう。私が出会ったときの彼はもう、韓国語、日本語、英語はむろん、中国語やフランス語にも通じて、世界各地をひとり旅するバイヤーだった。

日ならずして、タイプ刷りながらちゃんと製本された、『孤独な唯一者』という長篇小説をもってきた。「万物は俺にとって無だ」というゲーテの言葉を序に引くことで書きはじめられている、スチールネルの『唯一者とその所有』を愛読する青年を主人公に、革命党内部の容赦のない粛清のようすや、アメリカの兵たちのあいだにある抜き難い東洋人にたいする人種差別、戦場ではどちらにも正義がないようすが克明に、体験したものでなければおそらく書けないであろう小説であった。少し飛躍するが、一九九七年になって河出書房新社から出た彼の四冊目の長篇小説『自由の地いずこ』のあとがきには、当時の彼の置かれていた事情を語るみじかい記述があるので、そのまま引いておく。

私は、南朝鮮に送り返されれば国家転覆罪に、北朝鮮に送還されれば反革命罪に問われる身だったので、不安の毎日を、沖縄人、フィリピン人、中国人、マカオ人、時にはビルマ人などになりすまして生きてきた。当然のことながら、心温まる扱いに感激したことも心ない仕打ちに寂しい思いをしたこともあった。

思案した私は、そこで当時、「ヴァイキング」の編集長をしていた北川荘平に相談した。日ならずして読んだ彼は、「たいへんなものを持ち込んできたな」とやはり緊張したようすで、ともあれ彼の大学時代からの文学仲間である、高橋和巳と小松左京に読んでもらうことにした。この本は最後は、小松左京のおかげで、『第三の死』と改題されて三一新書の一冊になった。カバーのウラ表紙の作者紹介の欄には、私が苦心して玉虫色の文を書いた。発行日は一九六五年七月二十六日。十日ばかりたって、大阪西区の中華料理店で、小野十三郎、小松左京、足立巻一、井上俊夫に、北川や私もくわわって、総勢二十名ほどのささやかな出版パーティが開かれた。こうして、彼にたいする、私の第一ラウンドは終わった。

だが、私にとって北影一との出会いは、たんにそこにとどまらなかった。彼は金時鐘とはまたひと味ちがって、徹底した単独者として私の前に姿を現わした朝鮮人だったが、同時に、ありとあらゆる革命幻想の虚妄を生身で容赦なく暴いたという点でも、私にとってはじめての人物だったからだ。ご多分にもれず、私なども、吉本隆明の『言語にとって美とはなにか』や『共同幻想論』などから啓示や刺激を受けつつ、ロシア・マルクス主義（スターリニズム）から訣別、新しい自己形成を図りつつあったが、北影一の語る現実は、その上を厚い雲の層で覆ったのである。出会った時点で、「米ソはたがいに核もってて怖くて戦さなんかするもんか、でも戦争は続く、ぜんぶ局地戦争だ」といい、ベトナム戦争についても、「ベトナムは賢いから、中国の応援抜きでやりたいんだよ、勝ったあとのツケが怖い、じゃんじゃん口出してくる」ともいった。その自信に満ちたシニカルぶりが印象的だった。

彼を対象化した私の詩がひとつだけある。「蝶の男」という散文詩で、こうはじまる。

日当たりのわるい私の部屋のひとつだけある木窓からは吊るし雲がよく見えた。この窓にむいて長いあいだ壁にもたれる人が居るのだった。細長い体軀、撓う声、よく光る眼。でも語尾の濁音になるとつまり、そのまま杜絶してしまうこともあった。「花弁の話をしましょう」そのときには私は話題をそらしてみずから視線を窓に這わせた。窓のむこう側の広大な屋敷の庭に咲き乱れるコスモスの匂いを季節はずれと思うからだった。「……そのとき撃たれました」なんども傾いた花への意識のはてに、ふとKが言葉鋭くつぶやいたことがあった。開いてくれた裸の背《せな》の鎖骨下方には、ドリルでこじあけたように無数に沈んだ花弁の痕があった。

なんだかこれも晦渋で、種明かしでもしないかぎり何のことかわからないといわれそうだが、私の部屋で彼と向き合っているときの雰囲気だけはよく出ている。それも冒頭、水無田気流の発言を借用することからはじめたのは、私のほうに（その個にたどり着くまでに）うんざりするほど迂回ばかりしてきたな、という思いが頭を掠めたからであった。こういう追懐をふくめながら、六〇年代の私のひとつの季節は消えていった。終刊号を編集した波岡弾は、「たまたま「近代文学」が終刊して、それを真似ただけで、それ以上の意味はなかったな」というが、私のなかでは因縁めいて、そこはそこでちゃんとあったことでよかった気がする。

坪内稔典との出会いも、このグループの存在が影を落としている。メンバーのひとりにMという彼の学校仲間がいて、引き合わせ役をやってくれたからである。だがそれがいつだったかが思い出せない。稔典の年譜を覗いてみると、立命館大学の文学部に入学したのが六四年。いっぽうMが「移動と転換」に執筆しているのは六五年度だけだから、辻褄を合わすならこの年だったろう。この時期、彼は京都学生俳句会を結んだり、澤好摩、山下勝也ら東京組と連動して、全国学生俳句連盟を発足させたり、オクターブをあげているから、他ジャンルにも興味を示して、さらなる展開を模索していたかもしれない。

会った場所のほうはおぼえている。今の環状線西九条駅近くの喫茶店だった。人なつっこい微笑の多い表情で語り口も明るくとてもさわやかだった（この印象は今も少しも変わらない。そういえば彼にかぎってたがいに怖い顔をした記憶がない)。この頃、私は西大阪のこの駅近くにあったとある民主団体の事務局に勤めていて、グループの会合なども、あいているときの二階の会議室を利用していた。そこへ勝手知ったMが案内してきてくれたのだから、昼の時間だったことはまちがいなかった。

さて、何を話したろう。初対面だから、とりとめない自己紹介型の話が多かったかもしれないが、その後の長い交友歴をかんがえると、たがいに自分のジャンルはつよく意識していた気がする。そのうえで中心になったのは詩ではなかったろうか。というのは、彼はむろん俳人だが、少年期には角川文庫の『現代詩集』など読み、会田綱雄や堀田善衛の詩に焦がれた体験をもっていたからである。同時にこれは今も語り草になるが、この頃は俳句に比べて詩が元気な時代であった。稔典に学生運動や政治運動にたいする関心があまりないこともすぐわかった。その分、すでに倦んでいる私に比べて、彼のほうは組織づくり(このばあいは俳句の)に大いに新鮮味を見出しているらしいことはほんとうだった。

ともあれ、坪内稔典との出会いも、その後の私に大きな影響をもたらしてくれることになった。そのひとつをのべておくと、私はふだん小野十三郎の周辺にいたことから、なにいうともなく伝統詩歌の世界(定型の世界)とは疎縁だったのが、彼と接点ができたことで、より大きく具体的に開かれることになったということがあった。これは素晴らしいことだった。鈴木六林男、宇多喜代子、永田和宏らを知ることになったのも彼をとおしてだったし、何よりも口語自由律を前提に、今まで何ひとつ疑うことのなかった私の裡の現代詩に、定型を意識せよと教えてくれたのは彼との出会いだった。

もしここをグループ「移動と転換」のおかげとするなら、グループにたいする私の否《ノン》は半減することになる。

坪内稔典「現代俳句」の頃

私の二冊目の詩集『凶絵日《くえにち》』は、坪内稔典のおかげで、当時西宮市にあった俳句の出版社「ぬ書房」から一九七六年の夏に出た。佐々木幹郎の装幀で、変型布上製ケース入り。ケースは黒の下地に麦の穂で銀箔にあしらって、なかなかシックな味わい深い出来となった。一九六五年以降十年にわたって書いたものから二十篇を選んだもので、「犯罪」発行の時点は、ちょうど半ばの通過点となった。そのなかから「寓話」と題した、「丸善の棚へ黄金色に輝く恐ろしい爆弾を仕掛て来た奇怪な悪漢が私で……」という梶井基次郎の『檸檬』の一節を配した小歌風の一篇をかかげる。

檸檬をかじると霜の音
ひたひた肌《はだえ》に釘の音

とおくで闇が負傷して
光芒にわかに血を帯びる

地の渦めがけてはしる糸
筏で運ぶにがい息

記憶の切れた桟橋で
ゆうべこの子は時を繰《く》る

贋少年の恋散らし
一葉二葉と時を繰る

霜は明日もふりつもり
投身影も凍るだろう

この子は影の胸を割り

さよならようと胸を割り
さらばとおくの天鵞絨《びろーど》の
コンクリートの亡骸《なきがら》よ

別に詩そのものについて語りたいからかかげたのではない。実はこれ、一九七四年にあった三菱重工爆破事件をモティフにした、私にとってはめずらしい時事詩に属する作品だからである。のち、リーダーのひとりであった大道寺将司は、行為の正当性を主張しながらも、結果として多くの人びとを巻き添えにしたことから、自分たちの誤りは、厳しく糾弾されなくてはならないと語るにいたるが、私のなかでは、二十世紀のはじめ、ロシアで圧政者のモスクワ総督の馬車に爆弾を投げようとして、子どもが同乗しているのを見て中止したテロリスト、カミュのいう心やさしき殺害者たちがだぶって、この詩を書いたというのがほんとうのところだった。しかし発表当時も、そんなふうに思ってくれた人は居なかったろうし、私自身、そんな余計な種明かしをする気など毛頭なかった。後年になって、死刑囚大道寺将司の句集『友へ』を編者から送ってもらって、はじめて何人かの人に「実はね」と当時の心の真相を明かしたが、作品としての不出来もあってか、納得してくれた人は誰も居なかった。それはそれでよいのだが、私なりの時代にたいする哀しみ方としては、この一篇は記憶に残る。ついでながら、私が責任編集をした第一次の「イリプス」では大道寺に寄稿を依頼し、それがきっかけになって終刊後も、当時発行人であった出口善子が主宰している俳誌「六曜《むよう》」の同人になって今も執筆している。

稔典は大学を卒業したあと俳句同人誌「日時計」を創刊、高校の国語教師になるが同時にABCラジオの台本などを書くようになり、中村鋭一ついで道上洋三の、「お早ようパーソナリティ」などの番組にかかわるようになった。その後、この高校をやめて、ラジオの仕事のかたわら他の高校で非常勤講師を勤め、この間にふたりの女児も生まれて、生活的にはいちばん苦しいときだったろう。背中に幼児を戯らせながら机に向かい、「昭和四十七年、連日のようにパチンコをして暮していたある日」と、七五年に出した『正岡子規』の後記に書きとめている。このある日のパチンコの利益で買ったのが、一度雨晒しになった改造社版子規全集で、これを元に三年がかりでこの子規論を書きあげた。

この悪戦の時代に、私は彼との交情を深めていったのである。友人のやっていたぬ書房の編集を手伝うのもこの時期、実際にこの時期の私は徹底して彼に甘えた結果になった。阪急今津線門戸厄神駅前のスナックで毎月開催されていた、俳人たちのサロンに出かけるようになったのも、彼が誘ってくれたからだった。いつか鈴木六林男、桂信子、宇多喜代子、増田まさみ、久保純夫といった俳人たちにめぐり会い、永田和宏らの歌人を知るようにもなった。石原吉郎の「完全性への希求を断ち切られた姿勢のままで立ちつくそうとするとき、俳句のあの独自な発想法が生れ」るという俳句論に惹かれるのも、この間のこの時間が契機になった。

門戸厄神のスナックで鈴木六林男とはじめて隣り合わせになったときには、「おい、小野さんの自伝読んでたら倉橋弥一いうて、おまえそっくりの奴出て来るぜ」と、いきなりいわれた。「ではなく、あれは小野さんの錯覚でぼくです」で笑い話になったが、実際、小野十三郎の朝日選書版の『自伝・空想旅行』では、私はぜんぶ倉橋弥一になっていた。これは最終校正時に小野自身が東京時代交わりのあった弥一と一瞬錯覚を起こしたことから生じたことで、発刊と同時に「すまない、すまない」と電話を受けた。でも、こんなとき対話のきっかけになるとはかえって面白い。おかげで六林男の戦争句集『荒天』を読むことになったが、〈かなしければ壕は深く深く掘る〉〈遺品あり岩波文庫「阿部一族」〉〈風が出てきた戦死者の飯も炊けよ〉などには、強く強く打たれた。私ごとだが私の父は一九三八年五月四日の徐州会戦で戦死している。火野葦平の徐州会戦従軍記とサブタイトルのついた『麦と兵隊』は、その日「五月四日　晴れわたったよい天気である」からはじまっている。おかげでその日の天気がわかり、母がのち戦友から聞かされたという野外での茶毗が現実味をました。六林男の戦争吟は今になってもなお錐揉むように内部に突き刺さる。

坪内稔典を編集者とする「現代俳句」第一集は七六年三月、このぬ書房から発刊された。ムック型で年一、二回の継続刊が目論見だったが、「犯罪」のケースに似て、ぬ書房も経営不振で二号で行きづまり、三号からは稔典みずから起こした南方社に拠って続けられることになった。このとき誘われて毎号詩を書くことになり、それが八三年刊の『寒い朝』収録の詩篇になった。

「現代俳句」は八五年三月第二〇集をもって終刊するが、そこで意図されたものは、「今日、俳句形式に敢て関わる意味は、俳壇という場においては生じないだろう。今日の文学状況、換言すると、日本語の現実のなかで、今なお存続している俳句形式に対して、実に多様な関与を志向するときに意味がある。だから、俳壇の新人と呼ばれることは、できるだけ拒否すべきことになる」という第二集の稔典の後記を見れば、あらかたは尽きよう。高柳重信を沸点とする気鋭による思想俳句の自立誌であった。同時に前期坪内稔典の時代は「現代俳句」終刊とともに終わった。

　こんなこともあった。その頃私は阪急茨木駅から南に二キロもある淀川べりのとある団地に住んでいた。ある日酔って終電で帰ってきてふらふらと無料の駐輪場に行くと、閑散と数台しかないなかに私のはなかった。そういえば以前にも同じような状態で、この自転車がなくなったことがあったのを思い出した。そのときはいく日かたってとある道端で施錠して置かれてあるのを自分で見つけて、交番に通報して無事に取り戻してもらった。不運な自転車奴という思いが頭を掠めた。すると、残っていた数台のなかに施錠されていない一台があるのに気づいた。むらむらとそれに乗って帰ってやろうという気になった。乗って五、六十メートルも行かないうちに、私のほうはあっさりパトカーにつかまってしまった。「どうした」といわれて仕方がないので白状した。咄嗟に、自分は今までいちども留置場にも入ったことがなかったことに思いあたった。「泥棒ですよ、ぼくは、まちがいなく盗んだのだから逮捕してください」といった。意外にもお巡りはそのまま押してあったところに返せという。そして歩くか車で帰れという。散々押し問答したが最後はお巡りに押し切られてしまった。

とぼとぼ歩いていって田のなかのアスファルト道に出るとまた警官に誰何された。家に帰るといっただけで何事もなかったが莫迦莫迦しい夜になった。なぜかあちこちに警官が立っていた。

翌朝、新聞で、近くで殺人事件が起きていたことを知った。数日たって犯人は捕まったが、なんでも前の住居者が落としたままになっていた鍵のために、その鍵をつかった窃盗犯に襲われ、若い人妻が命を落としたという事件だった。

私は鍵という奇妙な安全装置が暮らしのなかの意識にもたらす罠を思った。鍵のもたらす境界線の虚構を思った。そこをモティフに「五分だけ前」という詩を書きあげた。

雑誌「犯罪」と藤井貞和

　ここで話題を雑誌「犯罪」の頃にもどして、以前舌足らずであったと思うところを、少々補っておきたい。関心の第一は、私から見た初期藤井貞和印象記である。

　もともと「犯罪」は、当時すでに構造社で発刊されていた「青素」というミニ市販誌が、七〇年一月に出した六号から月刊体制を敷くことになり、それならばいっそのこと装いをあらたにしてまったく新しい構想ではじめてはどうかという佐々木幹郎の提案もあって、実現にいたったものだった。この「青素」のバックナンバーを覗いてみると、佐々木幹郎は創刊号から執筆、月刊化の前の五号には、藤井貞和が「詩作品のみごもり時代の崩壊像」というエッセイを書いて、佐々木も私も詩を載せている。そして月刊四冊目の四月号で停まっているのは、そこから「犯罪」への移行が本格化したからだろう。隔月刊ということになって九月に創刊号を出したことから、表紙の誌名の上にその月を冠して「九月犯罪」としたのは、藤井貞和の発案だった。このときも「こけおどしのような誌名はいけない」と、黒田喜夫なんかは批判的なようだったが、この年十一月二十五日、三島由紀夫と楯の会が市ヶ谷の陸上自衛隊内でクーデターを呼びかけて失敗自殺をした日はちょうど東京・青山にいて、その夜のうちに「新潮」編集部の人から、連載最後となった『豊饒の海』第四部「天人五衰」の生原稿のコピーをもらったりすると、大阪にいるのとはひと味ちがう臨場感に身がすくんだ。状況により接近したところに私たちの雑誌があることを思って、犯罪でいいではないかと納得したのである。

いずれにせよ、雑誌「犯罪」の編集者になったことから、佐々木幹郎を通して藤井貞和を知った。中野の鷺の宮の寓居に彼をたずねたのがはじまりとなった。と書けば万事が順調でなんでもないことのようだが、私自身これまでの詩的生活を通じて、彼のような（石川淳描くところの張柏端のような）タイプの人物にあったのはまったくはじめてであり、そのことはその後の私自身の軌道修正にも、大きな影響をあたえてくれることになった。それは彼のもたらした文体の面からもいえる。先にのべた「青素」五号の彼のエッセイは、みじかい十個のパートから成っているが、その小見出しは、〈無〉〈←無〉〈↑無〉〈→無〉〈←有〉〈《有》その一〉以下その四まであって、最後が〈有〉になっている。その最初のなかの一節、「批評は専門家の領域で特殊であるにすぎなく、ほんとうは、私が、あいつが、こいつが、こころのないぶでしこりから痛さへ揺籃したもの、それがきこえるこえの段階で、まず懐疑符（何故？）であるもの、いろいろばらばらに、それからひとすじにわくわく（湧く湧く！）感嘆させるもの、万人のものであるといえる」

張柏端とは仙術の達人のことであるが、谷川雁風の暗号などにも多少はなれたつもりだったが、こちらはさらに文字通り蛇行蛇行による暗号にみえた。こんなこと今更いってもはじまるまいが、正直にいって、彼がこの「犯罪」誌上ではじめた物語発生史である「文学原始」をめぐっても、私にはその文脈がまったく理解できなかったのである（ここでもエッセイの極限とは、という問いかけからはじめている）。詩作品としては、これらに先立って六七年十二月には、『地名は地面へ帰れ』と題した限定二十部の十篇からなる手作りの孔版詩集をもっていたようだが、むろん私は読んでいなかった。（七二年六月刊の永井出版企画による同名の詩作品書のあとがきによると、ほんとうは手作り版のあと本印刷のものを出す予定だったのが、折から一九六八年の東大闘争の夏とかさなって延び延びになったとある）が、それはそれとして、ぽつりぽつりと読んだかぎりの印象も、私にとってこれまで経験したことのない自動記述ないしは呪術風の奇書に属するものだった。詩を読むというのではなく驚かされたという意味で、『地名は地面に帰れ』のなかから「余剰価値」の一節を引いておく。

戦争を見た
戦争が終った
見た人は
終った人は

ときに
見てしまった伝記のうしろがわから
四季をきれぎれに
蟹のかたちにかんじ
春の蟹つぶれ
夏の蟹つぶれ
秋の蟹つぶれ
冬の蟹つぶれ
八〇三〇四の蟹

つまり、ここではメタファといったものではなく、地表を意識したうえでのマグマのようなものをこの詩人の内部に想定しなければ、言葉をかえれば圧倒的に藤井貞和を思ってしまうのでなければいかんともしがたい、霊気のようなものを私は感じた。この詩集では、鈴村和成が長い解説をつけているが、終わりにいたって思わずにやりとした。「ぶるぶると震えつつ本書の行間から奔《はし》りでてくる悪気を、巻中にいつまでも封じこめておくことをゆるす、それが唯一の正確な読書法である。詩集はその意図にそって、あの御息所のやすらう六條院に倣い、みやびをつくし、数奇をこらして装幀されなければならない。『御息所の霊魂を地下に眠らせてそのうえに樹えられた六條院の世界の、いま暗転してゆく時間がそこにはある』（『光源氏物語主題論』）」とあったからである。巖谷國士の跋文にも「藤井貞和の自己巫女的な回帰の慣いは、私には傍聴することと易く、解読することと難く、唱和することとさらに難い」と、実質手こずっているようすがうかがえる。これで私なりに安心したのである。困惑そのものが、そんなにまちがっていなかったと思ったからであった。

話はいささか飛躍するが、一昨年（二〇〇七年）年の瀬になって、神戸で彼の近著『自由詩学』をめぐって講演をしてもらったことがあった。短歌の韻律や沖縄語さてはアイヌ文学まで飛び出す藤井詩学では、みんなに肉声で語るのを聞いてもらうにしくはないと思ったからであった。質疑応答も終わって、司会役をかねていたこともあって、「ね、直接藤井さんの声に耳を傾けたら、なんだかこの本とても読みやすくなった気がするでしょう。ほんとうにこの声と語りのリズムを思い出していったら、二、三日で読めますよ」といったら、会場笑いに包まれ、おかげで懇親会場がはち切れんばかりになった。むろん、窓を開けろというより破れという式の、そこは私の挑発的な発言だったが、このとき私が、文字をもつ以前の日本語の世界へ彼自身を立たせたほうがよいと思ったのはほんとうで、読みのなかへ聴覚も参加させたいと思ったのもたしかだった。むずかしいとかとりつきにくいとか聞かされてきたうえでの、私の少々おどけた発言だった。そしてそのとき、私は私なりに彼に最初に出会った頃を思い出していた。古典にも伝統にも柳田学にも折口学にも疎かった私は、藤井貞和に出会うことで、盲目的意志のひとつとして、自分のこの未開の領域に関心を持ちはじめた。彼の最初の著作である三一書房版『源氏物語の始原と現在』は一九七二年四月二十八日の日付をもっている。これにはたった二冊しか出なかった「犯罪」に載せた「文学原始」①②が、加筆したうえでの完成稿として収録されている。最後尾に収められた「わが詩史・物語史」を読むと、この時期、万葉から源氏物語へと関心を深め、その根っこに、日本の詩はどこから来るかという問いかけをすでに持っていたことがわかる。おそらくこういう問いかけ方自体、吉本隆明を除いて他の詩人のなかにはなかったろう。この古典詩の眺望にかさねて、そこに構造主義をにじませようとしていたのが、この時期の藤井貞和だったと思うが、私のほうはこのあたりまったく無知のままで、無我夢中で雑誌を創出しようとしていたようであった。ただ、「東大闘争を通過して私は疲弊しつくした。だめになりそうな自分をむち打って一章一章書きためた文章から本書は成り立っている」のひと言はやはり重い。この藤井のいう疲弊と佐々木幹郎との邂逅——そこにも「犯罪」の犯罪たるゆえんがあった気がする。

藤井貞和の魔性（もしくは毒）に憑かれながらも、この時期、私は私なりにかんがえていたこともあった。そこを「青素」の最後の号に、カフカを援用しつつ「詩の存在」と題した小さな文にまとめた。「カフカは、ふつう機が熟し、本然の言葉が内的必然性によって胸から湧き出てきて、それに憑かれて一気に作品を書くばあいのほか、それと反対に、こねまわし、でっちあげたばあいのものをつぎはぎ細工となづけて、最も呪われたものとしていみ嫌っていた」とのべたあとで、このつぎはぎ細工という言葉の実質を、いま少し間口を広げてとらえなおしてみたいと思ったのである。もともと人間の意識の世界とは、それ自体はあれやこれやと、実にわずかのあいだにも紆余曲折する、つまりつぎはぎ細工の集積ではないかと思えたからだった。そこでこう書いた。

意識の流れのなかでとらえられたり、外在的なものや抽象的なものと素直に交叉するかぎり、つぎはぎ細工のようには表面だてて見えてこないだけである。言葉をかえてみるなら、このようにしてつぎはぎ細工のようにしかありえない意識の言語化とは、たえず他方に言語化されてない未開の部分——非語の領域をつつみこんでいることだ。現象的にはつんのめり、失語、沈黙、まちがい、忘却に夢までもふくむ未開の言語系があり、通常の私たちは、この言語化される部分と言語化されてない非語の部分を同時に引き受けて生活しているのである。そして作品の世界にあっては言語化されるもののうちからのみ、非語の領域を類推していくということになる。

もっともこの文自体はカフカから離れてカミュになったり、ビート詩の世界にさまよい込んだり、まことに曖昧で、いま読んで恥かしいところがたくさんあるが、どうやら闇夜を提灯片手にさまよい歩くような、編集を引き受けるについて、微視に徹しようとしていたことはたしかであった。闇夜のなかに提灯を高くかかげる。するとその周りだけが光の束となってぼうと見えはじめる。このような現実凝視の仕方であった。この態度で一貫して一冊ずつ作っていけたらいいと思った。その号が出てからその号の眼差しでつぎの号をかんがえる。市販雑誌であるからそれでいいかどうかはともかく、そうする他にもっとよい方法はないと思った。そうなると藤井貞和の詩はますます火照りをもって迫ってきた。先に紹介したのは作品中の四連だが、この連だけがやけに長く、さらにつぎのように書き継がれる。

ひとつつぶしてはにんめんじゅうしん
ふたつつぶしてはぎょうじゃにんにく
みっつつぶしてはいばしんえん
よっつつぶしてはちぐちくしょう
無意味の世界　拓かれ
消された予定説　優しくせりあがり
けっして固有の内験を伝記の末路からうばうことができない
非詩であることと政治であることと
ふたりの択びしかない
蟹行する
故殺および偽装の季節

結局「犯罪」は二号でこちらから杜絶するかたちになり、予定された単行本にあった『藤井貞和評論集』は出なかった。雑誌そのものがひとつの表現作品であるかぎり、そこでなしうるものがなされないとすれば、止めるしかないということになるが、その後版元をかえての継続を模索する試みもあった。そんなことを思い出しながら「犯罪」のページをめくっていたら、私自身あとがき風にこんなことを書きつけていた。「犯罪とは自らを断罪するための媚薬であり、その意識をふみはずしては一行の編集も出来ないという自覚の根拠のための語であると云うことだ」

照れくさいが、当時抱いていた高ぶりだけは響いてくる。ついでながら未完になった三号では、桶谷秀昭の「岡倉天心論」遠丸立「遺書論」に、石牟礼道子の水俣からのレポートなども載せるはずだった。未練といえばそこが未練となった。

「白鯨」へ

「犯罪」二号が七〇年十月に出て、「白鯨」創刊号は七二年十一月であるから、その間まるまる二年の歳月が流れたことになる。その前半は、「犯罪」をもしできることなら版元をかえてでも持続できないかという模索の時間についやされた。「白鯨」へとテーマがかわったのは七二年に入ってからだった（もっとも最初から「白鯨」という名詞がついたわけではなかった。だが便宜上ここでは当初から「白鯨」の名をつかっていく）。

発端は七一年十二月二十二日の消印で、関東在住の清水昶、藤井貞和、鈴村和成の三人から、関西在住の佐々木幹郎、米村敏人と私あてに、新誌発刊主旨文書が届けられたことからはじまった。清水昶、米村敏人、大野新、藤井貞和、丹野文夫ら、このところ身近かなメンバーの詩書を相次いで出していたN出版から、新しい商業詩誌発刊の企画があり、その編集を関東在住組が受けたことから、関西からも三人をくわえて、六人の共同意志としてやりたいというのが、そのときの手紙の内容だった（このあたりの事情になると私の記憶もすこぶる疎くなるが、当初N出版の話は清水昶にあり、彼が藤井貞和に相談した結果、藤井の筋で鈴村和成をくわえ、関西では清水と同じ「首」同人であった米村敏人を誘って、同数にしたのではないかと思う。清水はすでに「犯罪」にも執筆していたから、よかれあしかれ「犯罪」以後が眺望されていたとしても、大きな錯誤にはなるまい）。

だが、「犯罪」杜絶を踏まえて、またしても商業出版社との提携だけに、ただちにおいそれというわけにはいかなかった。おまけにかんじんのN出版をめぐって、少々スキャンダルめいた情報がそこにかぶさった。

というのは、この頃京都の寺町二条で「三月書房」という書店を経営していた宍戸恭一が、「試行」に「三好十郎」を連載していて、その三五号のなかで、このN社の、自社の出版物を特約店を除いては他の新刊書店には却さないでいきなり古書店に流通させる商法を、悪質な金儲け主義として、痛烈に批判していたからであった。

そこで、そのことの真偽是非はともかく、ともあれこの種のあいまいさを残したままで商業誌としてとらえられる共同意志は可能かという問いかけが関西側から出され、そのために六人が六様のそれぞれの視座から他の同人に手紙を書くという形式による討議がはじまった。結果的にこれは「白鯨通信」として、直接読者に同人たちの誌にいたる思考回路を告げるものとして公開されるが、つぎにかかげるのは佐々木幹郎の「同人異夢あるいは提言」と題された、七二年五月六日の日付けをもつ文章の一節である。創刊号に掲載された。

雑誌「白鯨」はその根底にどのような熱を秘めているといえるだろうか。藤井貞和が最初の発刊主旨のなかで、「これの企図にかかわる困難は幾多予知される」と書いたように、「困難」は少なくとも形態に関わる問題に限り「予知」の範囲内で出つくしたように思える。〈発行〉形態や〈編集〉形態をめぐる「困難」は多ければ多い方がよい、と〈わたし〉は思う。本当の「困難」は〈わたし〉たちの組織だ。そしてそれはこれからはじまる。

はじまるのは、これまで〈わたし〉たちが無意識的にとってきた〈地理〉的な対話、関東と関西に分裂した討論が、雑誌についてあたかも〈共同意志〉が成立するかのような錯覚をおびきよせたことを解体することからである。雑誌には〈共同意志〉など存立し得ない。《犯罪》を例にみればよい。それが商業出版社から出された雑誌であるにしても、〈編集〉形態、〈発行〉形態を計量しつつ可能な限り商業性の限界線までひきあげていこうとする〈意志〉は〈協同〉のものであったし、そのマイナス点だけを問題にしつつ持続しようとする当初の〈意図〉(Absicht)は、みごとに抽象(Abstraktion)としての領域から、それにふさわしい終末を飾った。倉橋健一や藤井貞和、それに〈わたし〉のそれぞれを奏でている異なった《犯罪》へのメロディを聞く耳をもつ者は聞くことができる。〈わたし〉たちの〈経験〉を無視するな。〈わたし〉は雑誌「白鯨」に、《犯罪》が創刊号にもちこんだ問題とは別の領域から切り込んでゆけるものを、商業誌としてでも視えてくるものがあれば、と発刊主旨文書を受けとった時点で考えたが、それらは《犯罪》がすでに「予知」し、未来の《犯罪》が教えてくれるものとしてしか現前しなかった。非現実の《犯罪》三号と、非現実のなかで胎動している「白鯨」創刊号が、共に商業雑誌としての存在基盤を喪失してゆくように〈運動〉していったのは興味深い。

こうして書き写していると、まだ雑誌が出される前の日付をもつ文とこれがのせられている現在（七二・十一・二十五以後）とのあいだに、微妙だがずれのあることに気づかされる。だが、ほんとうの「困難」は〈わたし〉たちの組織だというときのわたしたちは重く、「白鯨」全期間をとおして終始つきまとった。なるほど手紙は、発行にいたるまでの六人のメンバーの相互間の意志の疎通を図るためになされたが、この時点（手紙の日付の時点）で、編集意図を明確にするとか、版元とのあいだにある種の了解事項をつくりあげるという態のものは、とうに喪失していた。同人はわたしたちの対象ではなく、それ自体が孤独なそれぞれの感性だったのである。たった二号で頓挫した「犯罪」をふさわしい終末を飾ったと視る眼差しが、これからの「白鯨」に課せられた。そういえば「犯罪」では、編集人の私は一号ごとに編集人の意図を突き出すために「編集後記」ではない「犯罪と薔薇の日記」という長い文章を書いたが、それはなぜこの号であるかを、自分の書く行為の延長線上の問題としてのみ、掘り下げられるとかんがえたからだった。

この点では、「犯罪」では一号に、鈴木志郎康の「言語商品越え」という文章をのせたが、これなどは当初から「犯罪」という誌を問うものとして準備された。

ここで鈴木志郎康は文に先立って、当時中央公論社が出していた文芸誌「海」の編集部から依頼され書いた詩が、なぜか理由もなく掲載拒否になったかの経験を軸に、本来、書くという、きわめて内面的な個人的な行為が、言語商品へと変質していく過程に生じる桎梏を、書く行為のがわから追求した。詩集『罐製同棲又は陥穿への逃走』でH氏賞受賞以後、にわかに原稿依頼が来るようになったことを、個人的行為が受賞によって社会的事件になったからで、その変化は自分ではなく編集者のがわの論理としてあらわれるとしつつ、依頼を受けること、金銭を儲ける手段(需要と供給の関係)とすること、もともと発表することとは何かということなどを、相互にたくみに関連させつつ、じつに具体的に語っている。そのなかで、いかにも詩人らしいこんな発言もある。

……私は商品を提供しているという意識は全くないのである。しかも私は売って利益を得ているという気持はないし、依頼者もそのようにして私のところに求めて来たことは一度もないのだ。というのは、編集者が私に文章なり詩なりを依頼するとき、テーマと長さは条件としていうが金銭のことは殆んど口にしないからである。私はもっぱら金銭を儲ける機会を与えられたのではなく、自分の作品とか文章を発表する機会を与えられたと受けとり、私は金銭のことは二の次にして、書き発表するのだ。そこには、私の方としては自分の文章なり詩なりを活字にしたいという要求があるからである。

なるほど、今読んでも、ひとりの詩の書き手としての私を素朴に揺さぶる。ここで詩人らしいとわざわざこだわったのは、芥川賞や直木賞などの散文の世界では、おそらく言語商品と自分の書く行為とのあいだの乖離や矛盾などおきようがなく、この種の発言も出るはずはあるまいと思ったからである。続けて鈴木は、自分とまったく世代を同じくしながら、作品を発表したいと思いながら、発表する場所をもたない人はかなりいるはずだと（逆に、書きかつ発表することのできるものは、一種の特権をあたえられたものと）しつつ、「書くということが発表によって完結するものである以上、書かれたものはすべて発表され万人の目に等しく触れる機会を与えられなくてはならない筈である。それがなされないのは、発表の場が、商業誌にせよ同人誌にせよ私有されているからである」といい切った。

そのあと彼自身は、この特権をすでにあたえられてしまったものとして、この特権（商品体系のなかにある発表の場）に何らかの敵対心をいだきつつ、自分の書く言葉のなかに込められていくことになるが、それは一方では自分の書く行為が、もはやまったくの個人的な行為にはとまらなくなってしまったからだとのべて、筆をとめている。

鈴木志郎康のこの認識は、書く行為と発表の場を、もっとも無垢の状態で連結させたばあいの卓見といいえよう。事実、「犯罪」の編集にたずさわってぶつかった問題の最初の一点も、この私有の論理だった。ゆえにこそ、「白鯨」は相貌を現出させる一歩手前で、あくまでもあつまることの夢はないことへ、共同意志の解体へと、こだわらざるをえなかったのである。

「白鯨」が実際に生み落とされるまでの一年近い時間とは、窮極はこの共同意志へのこだわりの時間であった。清水昶がN社の企画を引き受けたいという提唱者のひとりとして、ここ十年ぐらいの自分の日々を凝縮してはみたものの、今だに自分がどこへ流れだすのかわからぬ気味悪い腐蝕の底に沈んでいることを発見した、と、自己を語りつつ、「そんな意味でも、わたしはこの日常のなかで手ごたえのある言葉を懸命に探がしている。そして協働の人垣をつくることによって、わたしはわたしを越えようとしているといえます」と語り、「作為による個人的思想の越境、新しい雑誌の〈ある種のしんどさ〉に参画したのは、そんな想いからでした」(「てがみ・てがみ」)とのべたのも本音だったろう。そこで協働の人垣という幻想もまた問われたのであった。

ともあれ、一九七二年夏、私たちは宍戸恭一にも会って直接N社事情を聞くこともふくめ、京都の酒場「青鬼」であつまりをもつことになった。「青鬼」とは、一時大阪文学学校の事務局を手伝ったこともある女性が、妹さんとふたりで京都丸太町の橋詰めに開いた和風の居酒屋で、夏など鴨川の河原で涼めることから、大野新、中江俊夫、角田清文、宮内憲夫、佐々木幹郎ら、京都の詩人たちの溜まり場になり、やがて例会が開かれるようになって、私なども顔を出していた店であった。

そこにつどい、そうしてN社の誘いはことわって、自立した雑誌として、六人の同人による〈新しい場〉が創出されることになった。ある基金を、借入ではあるが一時留用できることになったことが、具体化に拍車をかけた。N社と宍戸恭一の確執は、私たちにとってN社云々ではなく、そのこと自体として無視された。

「あつまることの夢はない。それは実にないというに等しい。あるとすれば、呼ぶものが呼ばれている、という夢だけである」という、佐々木幹郎が最初の手紙で語った夢をめぐって、同人雑誌（あつまること）を解体するために、いま同人雑誌を立ちあげるという、徒労そのものを六人が承認したとき、非現実の「白鯨」創刊号はようやく姿をあらわすことになったといっていいだろう。石原吉郎の詩の言葉を借りれば「君は呼吸し／かつ挨拶せよ／君の位置からの　それが／最もすぐれた姿勢である」（「位置」）の一点に尽きる。つまり、それぞれが抱いたものは、それぞれの位置からは見えないことを六人が承認したということだった。あとには、自分たちだけでやることによって生じる厖大な事務量＝徒労という課題が残った。

「ここでどうしようもなく、〈六名〉の〈詩と思想〉と呼ばなければならないか。あるいは否か。六名の共同の〈場〉としての〈詩と思想〉は各自の内的な表現理由を鋭角的に切り込みながら、出発をおさえられたもののように踏みとどまっている」とは、米村敏人の「白鯨通信」欄にのせた「自己表現へ向けて」の冒頭だが、出発をおさえられたもののように、と、あるところに、苦みのこもった実感がこもっている。

ようするにここで同人とは、同時に異人でなければならなかった。あつまることに夢がないとすれば、みずからそこに境界線を設けねばならなかったからである。おそらくこのときみんな、書く行為のなかの自分の主体をも、いちどは非在としなければなるまいと思ったろう。そのための検証すべき対象を探さねばならなかった。メンバーのなかでいちばん年長者であった私は、そこでは一隻のガレ船を建造して、みんながかってに奴隷の漕ぎ手を志望しているようにも見えた。同人雑誌をつくるにしても、薄墨のかかったとおい彼方が、たえずまとわりついているようにも感じられたからである。憑かれたように疾駆しはじめてしまったのだと思った。ともあれ、こうしてやるなら自力でという気持に、みんなが固まっていった。まぎれもなく私の体験した一九七二年夏だった。今少し、先の清水昶の先の文から引いておこう。

また〈新しい場〉を目指すからには既存の商業誌、自立誌、同人誌といった概念は意欲的に打ち破られていくべきであり、このことは京都の酒場「青鬼」で集まったとき「共同意志を持たない雑誌は可能か」という佐々木幹郎君の発問と繋がっています。「共同意志」という言葉をセクト性、徒党性としてとらえるならば、それは断乎否定されつくさなければならず、わたしたちは何故六人なのかという問を絶えずつき詰めていく過程で、非セクト、非徒党としての、まったく新鮮な未来からやって来る〈なにものか〉である真正な共同意志を持つべき予兆のなかにみずから居る者なのだと断言しておく必要があると想います。

この文の日付は七二年八月十日になっている。誌名については「犯罪」のときとちがって、今度はごくさりげないかたちで「白鯨」とされた。メルヴィルの『白鯨』の海の怪物モゥビ・ディクが連想されるが、そこからヒントをえたというのではない（ただし私自身は執念深いエイハブ船長にとことん追いつめられ死闘をくり返す、殺されながら生きているモゥビ・ディクが嫌いではない）。

年三回発行。これは隔月発行の「犯罪」の経験が参考になった。発行する主体として「白鯨舎」が考案され、発行所は東京の清水昶方に、関西の連絡先はこの頃京都の深草に住んでいた佐々木幹郎方に定められた。Ａ５判のタイプ印刷で、印刷は大野新の勤めていた京都の双林プリントをわずらわせた。装本は佐々木幹郎の『死者の鞭』を装幀した三嶋典東が引き受けてくれた。同人以外への寄稿依頼もひとりずつ、各同人の自由にゆだねられたが、創刊号は同人だけで発行することになり、全員が一篇の詩作品、一本のエッセイ、そして先にものべた手紙が「白鯨通信」として、これも全員のをのせることにした。ここにいたる同人間の過程もまた、読者に公開するという意図からだった。共同意志がない以上あとがきはなく、最後に「白鯨舎からの事務的なメモ」として、直接予約購読の訴えの他、取扱店として紀伊國屋、京都書院など東京を主に、京都、大阪、神戸など二十一店舗が告知された。

創刊号の目次から六つの試論を紹介しておこう。

清水昶「苦悩への勇気——石原吉郎における「自然」をめぐって」、佐々木幹郎「過渡期のなかの詩と現実——蕪村詩のありか(一)」、藤井貞和「無風の嵐・火の眠り——折口学検証のために(一)」、倉橋健一「朝鮮語の中の日本語——金時鐘にふれて」、鈴村和成「同質と異質と——伊東静雄試論(一)」、米村敏人「わが村史Ⅲ——あるいは黒田喜夫論」

ここで時代が飛ぶが、一九九五年になって藤井貞和の『物語の結婚』がちくま文芸文庫の一冊になったとき、藤井貞和小論ともいうべき緻密な「解説」を書いた山本哲士は、藤井の思想的存在あるいは戦後思想史的な意味として、この「白鯨」に言及した。

大学叛乱が終熄していくなかで、日本は、高度成長の生産主義的発展から消費者社会へ入っていく時にあり、また、フランスの現代思想が大学アカデミズムに制度化された日本社会科学の停滞のすきまをぬって意味をもちはじめてきたときである。わたしより、数年上の世代が、「詩の思想」つまり、感性と知性の対極をもって、語りえぬものの根源、「社会」や「日本」が表象されるものの根拠の探求へと、表現の可能域を、詩と評論の形式を通じて実行したのである。

大学叛乱に敗北したわたし(たち)は、吉本隆明や谷川雁や黒田喜夫、そして磯田光一や橋川文三や桶谷秀昭や北川透にかかわって、『白鯨』の表出世界にとびこんでいった。各同人は、それぞれ対的な他者を設定して、ある客観化(感性の知性化、知性の感性化)をすすめていく。清水昶は「石原吉郎」、佐々木幹郎は「蕪村」、倉橋健一は「朝鮮」、鈴村和成は「伊東静雄」、米村敏人は「黒田喜夫」、そして藤井貞和は「折口信夫」である。この緊張感のある対的検証は、各人のモノローグがある本質を照射していくものとして、他方の詩表出と並行して、実存主義やマルクス主義や構造主義、そしてプラグマチズムや現象学、経験科学などが叙述しえない、〈存在意味〉を語っていこうとしていたのである。

「白鯨」創刊号はたしか一五〇〇部刷ったと思うが、私が担当して運んでいった大阪・紀伊國屋でも一〇〇冊置いて一〇〇冊売れるという、おどろくべき結果を示した（平積みのため上の二冊は疵物になって商品にできないとして返されて九八冊の集金となった）。その反応はしかし、正直なところ私にはピンとこなかった。変な話だが、「犯罪」にくらべて装幀もはるかに貧弱で、定価はしかし前者が二五〇円なのにたいして、こちらは三三〇円と三割も高かった。佐々木、藤井、清水ら、売れっ子のもつ衝撃《インパクト》とでも思うしかなかった。なぜなら、売れるとかどう売るとか、そんなレベルではいちども話し合ったこともなく、ひたすら内なる姿勢にむけてわが眼差しを注いでいたからである。

ところが、山本哲士のいうわたし（たち）は、そんな思わくとはまったく関係しないところで、長い前段過程で同人の私たちがそのようにたどり着くしかなかった（そうなることでようやく創刊に漕ぎつけることのできた）、たがいに異人になり切るところに、読み手の、自由意志として、新しい価値を見つけていたのである。たがいの対的他者は、たがいにそれを設定したもののみと感応して（ひたすら自己に向かって）、けっして同人相互間に波及するものではなかった。それを承認することが同人が同人であることのゆいいつの条件だった（共有するものがあるとすればたがいに実務を分担することだった）。つまりはこのたがいが異人である行為のうちに（なるほどそこでは各人のモノローグがある本質として照射していくものでありたいと願ったが）、しかし、山本哲士の語る山本自身をふくめた読者は、そこを瑞々しい白鯨的方法として、みずからへ受け取っていたのである。山本たちは、そのとき渦中にいた私よりも、白鯨的方法として数段先を見ていた気がする。

在日朝鮮人文学と戦後的体質

またまた金時鐘《キムシジョン》がらみになるが、「白鯨」創刊にいたるあいだに、ちょっとした不快事件があった。避けて通ることのできない戦後的な体質が絡んでいるので、かいつまんで書きとめておきたい。

七二年の十月に、当時私の住んでいた大阪府摂津市のアパートの一室で、「在日朝鮮人文学に欠けているもの」という座談会がおこなわれた。出席者は鄭承博《チョンスンパク》、金時鐘、松原新一に私の四人。これは「新日本文学」が内の一冊の編集を関西在住の会員にゆだねることになり、そのために会員たちが関西協議会をつくって編集委を発足させ、そのうえで「新日本文学」の編集部から、正式に依頼されたものであった。ついでながら、私を除く三人は「新日本文学」の会員ではなかった。私だけはこの時点で退会の意志を表明していたが、形式的にはまだ籍が残っていた。この点では、とりわけ先の三人は、企画への会員外からの協力を求められて、その要望にそれぞれの立場から応じたという心づもりのものだった。内容については、これに先立って「群像」九月号に松原新一が書いた「「在日朝鮮人文学」とは何か」、金時鐘が「経済評論」別冊でおこなった佐藤勝巳との対談「在日朝鮮人の主体性」を、直接引き受けるかたちで、それに鄭承博の農民文学賞受賞の小説「裸の捕虜」なども対象化して、表現レベルの問題として語り合おうとするものだった。さらに根っこのところを晒すとするなら、松原新一は前述のエッセイで、この頃李恢成がしきりに主張していた、民族の主体性をもって小説を書くということにいくつかの疑問を表明しており、そこから在日朝鮮人というときの在日、あるいは日本語で書くことの内実をめぐって、松原新一と私とで、二人に思い切り胸の裡《うち》を語ってもらおうというものだった。実際には私も「白鯨」創刊号にのせるべく、「朝鮮語の中の日本語——金時鐘にふれて」をすでに脱稿しており、ただ発刊が遅れているためにまにあわないというだけになっていた。そして私のエッセイでも、松原新一が展開した「在日朝鮮人の全生活過程のなかで、失われ、破壊されていったものは、いったい何であったのか。そこにこそ、在日朝鮮人全体の状況の核心がある。失なわれ、破損されていったものは、余りにも、大きい。くりかえせばそれはそのまま私たち日本人全体の消えない恥部をうつし出す鏡である。そのことを確認した上で、あえて、問題を在日朝鮮人の側においてかえすならば、その失なわれ、破損されていったものが何かをえぐり出す作業をこそ私は希求したいと思うのである。少なくともそれは、民族的主体性という一点にのみ収斂されえるとは思われぬのである」という主張を敷衍していた。

同時に、金時鐘が対談のなかの南北朝鮮の統一問題に絡んだところで発言した、「祖国分断の悲劇が外圧によってのみ引き起こされた、という主張は、とりもなおさず私たち朝鮮人の主体的力量をみずから無視することと、同義語だと私は思うのです。「外圧」相応に、いやそれ以上に、私たち自身で引き裂かれていっている内部の退廃だってあるのです。それに迫る文学がない」というときの、金時鐘の語る内部の退廃もまた、みずからへ問い返すものとして、重い響きをもっていた。おまけに、その日にはじめて出会った鄭承博（この人は西原博という名前で長く川柳をやっており、もしかしたらご存知の方もあろう）を除けば、私たちはたえず、この問題について語り合っていることでもあった。その点忌憚のない発言はのぞむところで、この座談は他に類例のない、表現論としてもより本音に近いところで語られて、私たち自他とも満足させるものになったはずであった。

ところが原稿が整理され、東京に送られた段階で、なぜか東京側の一方的な意図でもって、掲載が私たちにも関西協議会にも何の相談もないまま、突如拒否されたのである。松原新一の東京への抗議の電話にはじまり、すったもんだの末、かろうじて小沢信男編集長の回答文書にあったのは、座談会中の金時鐘の発言のなかに事実誤認の疑いがあるというのが、その最大の理由になったということだった。なぜ事実誤認と判定することができるのか、どこが事実誤認なのか、その根拠をどうして金時鐘に明示しないのか、事実にたいする客観的認識はちゃんと備わっているのか、それにたいする返答は何ひとつなかった。そのうえにもうひとつの理由は、座談の出席者の多くが会員でないことだった。しかし編集部から正式依頼があったことはすでにのべたとおりである。

ひとつだけ事実云々になったのではないかと（私に思われる）ところを、例としてあげておいたほうがよいかもしれない。

座談会のなかで松原新一が、金時鐘が他のところで李恢成といちど討論したい、しかし朝鮮語の領域でやりたいといっていたことをめぐって、「そういうところが日本読者からみるとよくわからないんだな」といい、金時鐘が答えるところがある。金鶴泳の『錯迷』という、朝鮮総連の内部批判がつらぬかれた小説をめぐる評価である。作品のなかではS同盟とイニシアルがつかわれているが、このS同盟から何回も表彰状を取っている父が、家に帰ればものすごく封建的で、母を殴るし息子をどなりつけるというふうに展開される。これにたいして金時鐘はこういう。「あの『錯迷』を書いた当時の金鶴泳と、ぼくはだいたい自分の思考経路の体質として自分の内側に意識の照射を当てていくという点では、金鶴泳が一貫して書いているものに近いものを持っています。そういう思考、意識の経路性とでもいうのか、そういう点では……」そのうえでこうもつけくわえる。これを書いた当時、彼が韓国国籍を取得するために向こうに行っているということを風聞として聞いたという。「S同盟というイニシアルのなかの因子として、ああいう内部照射をするのなら、ぼくは一つのリアリティを感じるわけなんですが、それが、S同盟とまったく相容れない組織体に彼が入ることで、その作品を掲げてくると、問題は別次元になってくるんだな。いわば中傷誹謗になって、作品の質がどうあれ、受けとめる側は朝総連の破壊工作じゃないか……とか」

ここは金時鐘の非情なまでに頑固なところで、当時の彼はいかにきびしい組織からの批判に晒されようとも、自分の共和国側(北側)に身を置いているという意識は毫たりともかえていなかった。ゆえに金鶴泳が向こうにいったといってそれを批難するつもりはないといいつつ、そこでS同盟を批判することには、ひとりの表現者の営為として否《ノン》と答えたのである。そして、このときも李恢成は金時鐘の評価にたいして批判者の立場にいる。新日本文学会の編集部は、この座談会の生原稿を、おそらくは朝総連ないしは朝総連系の作家につながる誰かの目に触れさせたのであろう。そして、一方的に事実誤認のレッテルを貼りつけ、検閲よりもわるい検閲結果を出したのである。私はそこにあらためて、新日本文学会という戦後民主主義の虚妄を体現した綱領主義団体の実質を見たと思った。そこでは事実とは何か——が一行も問われることもないまま、事実が誤認のマイナス極として作用しているのである。誰がここで金時鐘の発言のどれかを、思想的営為とは無関係に誤認ときめつける正義を所有して、この文学団体の中央に位置しているのであろうか。ことわっておくが、ここで金時鐘は、そのひと言なりとも匿名では語っていないのである。当然のことながら、載せてもし批判があれば、その批判をも載せて公開すればよい。多くの人びとの眼差しのなかで、ほんとうのことがもし他にあるのであれば模索すればよい。

没になったこの原稿は、このあと、当時新日文の若い会員であった高村三郎が、みずから鉄筆をにぎって出していた孔版刷りの雑誌「境涯」十二号に、全文掲載してくれた。彼は最初からこの座談会の記録係を引き受けて、テープ起こしなどもひとりでしてくれた。「なおこのテープ再生についやした二週間分の日当はどこからもいただいていない。原稿用紙百余枚とえんぴつ消しゴム代、すべて自腹を切った。このガリ切りには十日間ほどかかった」という末尾の注記に、その悔しい思いがにじみ出ている。おかげで、今も、この座談会を読むことが出来る。「民族的主体とは何か」「なぜ在日朝鮮人文学か」「在日の意識の重層」「国家・組織・民衆」「にわかブームと朝鮮人像」「自立の根拠・今日の提示」の六つの小見出しがつけられ、百枚近い分量になっている。久しぶりに読み返して息を飲む思いに駆られた。語られていることのすべてが古くなっていない。というより、そのために載せられなかったとすれば、その分合点がいく。

私は七二年の十一月、松原新一とふたりでソウルに行った。徐勝《ソスン》、徐俊植《ソチュンシク》という韓国籍をもった在日朝鮮人兄弟がソウル大学に在学中、時の朴政権によって「反共法」「国家保安法」違反の罪で逮捕され、兄は一審ですでに死刑を宣告され、彼らを守るための地味な活動を続けているある小さいグループから、控訴審の公判の傍聴を依頼されたからだった。おかげで戒厳令下の現実をはじめて目撃した。このことをモティフにした文章は、当時井上光晴が責任編集をしていた「辺境」と「白鯨」に、帰ってすぐ取りかかって書いた。同じ頃、私は「日本読書新聞」で月いちどの「方位」という時評欄を担当していた。その四月分では李恢成の長篇小説『約束の土地』

を問題にした。小市民風の体験小説としてはなかなかすぐれたものと思いつつも、そのなかに盛られているキムイルソン元帥の個人崇拝、それに追随する組織官僚の存在などの追求に、井上光晴の『病める部分』や小林勝の『断層地帯』など、日本の戦後の党内小説と同じ型《パターン》とみて、そこがどうしても不満に思えたことから、最後のところでそのことと関連させつつ、こう書きとめた。「昨年初冬、松原新一と二人でソウルに旅したことがあった。旅先で向うにいる日本人から、李恢成が日本の大きな出版社の社主とともにやってきて、政財界の要人の前で講演などしたという話を聞いた。いずれ、そのことは書かれるであろう」

　ところがそれがそのあと朝日新聞夕刊の「標的」欄で「いいにくい話」として取りあげられたことから、はからずも李恢成から読書新聞の社屋における編集部立ち合いの面会を求められ、私がルビを打った分については事実無根であり、ひじょうに迷惑をかけられているので、謝罪文を同紙に発表するようはげしい抗議を受けた。私は首肯しがたかったが、在日朝鮮人文学者の負っている困難は十分理解できたことから、「補遺」として、「噂の事実関係をたしかめずに、噂を噂として書きとめてしまった私の軽薄さに起因しており、あきらかに私の手落ち」として詫びるという文章を書いた。それを受けて李恢成は早速朝日に、「筆者はその非を認め遺憾の意をあらわした」と事実無根を主張した。

　実相がわかるのは一九九八年である。この年五月、李恢成の韓国籍取得宣言が波紋を投げ、雑誌「世界」誌上では、在日一世の金石範と李恢成の、今日の韓国籍を取るまでにいたる経過のやりとりもはじまったからであった。むろん、私がいったことにまちがいはなかったのである。このことは先にのべた新日本文学の問題にもそのまま通底しよう。と、この頃の私は、いささか厄介な問題につぎつぎ遭遇していたが、そこを「白鯨」の誌面に投影しつつ、しかし同人としては一個人の問題に過ぎなかった、という意味で、「白鯨」のメンバーであった。

ついでながら、佐々木幹郎は七三年九月国分寺市の武蔵野の雑木林にかこまれた一軒家に引っ越しするが、そこにメンバーがあつまったことがあった。夜半になってから中上健次がやってきた。初対面だったが、にこにこしながら、「君のことは知っているよ」といってくれた。「その「方位」って欄、君のあとをおれやってね、はじめてだったからよくおぼえてるよ」

「白鯨」とは何か

さて「白鯨」は、七二年十一月二十五日の日付をもって初声をあげ、翌年六月になって第二号を出した。年三回制の予告からすれば、初っ端から二カ月近い遅れになったが止むをえまい。佐々木幹郎の言葉を借りれば、その間「わたしたちは〈白鯨通信〉の海を泳いでいる」(「海のうねり」・二号白鯨通信)ことになるからである。同じ欄で私のほうからは「技術的困難の問題」と題して、定価を三三〇円から三五〇円にすること、但し直接購読者は据え置くこと、二号以降の発行部数に関しては暫定的に二割増し程度に押さえるべきこと、創刊号時の借入金については元入金のようにかんがえて、一号ごと平均して積み立てて、七号ぐらいで完済できるのではないかと提案している。これは藤井貞和からの「雑誌における第二号とは何か、という問い。これは最悪の困難をかかえた問いではないか。創刊号でも第三号でもないそれの性格を、私のなかで、よく討論していない、と告白するばかりであるが、技術的困難も去ることながら、第二号における、こわしながらつくり出してゆく始発、湾曲的に撃ってゆく動き、第三号以下への決定性と被決定性を危機としながら持続としての第二号が、読者にとっても見え又書き手にとっても見えてゆくところまでゆく困難」という通信を受けて、関西組が京都に集まって検討したことから、このうちの技術的困難の部分にかぎって、私がまとめたものだった。結果、今からみると、直接予約購読者がある程度順調に伸びていること、創刊号でかかえた運転資金の返済を、ある一定期間で完済可能な程度に、読者が確保されていることなど、裏づけているようで興味深い。

と、だが、このことだけでは、いささか韜晦にもみえる藤井貞和にたいする回答にはなるまい。二号の「白鯨通信」では、佐々木や私の文の他に藤井のこの通信、「討論――『白鯨』とは何か――伊良湖岬にて」という座談の要約、さらに米村敏人の「劇と不安」などが掲載されている。うち、伊良湖岬の討論は、創刊号が出たあと年の暮れ近くになって、六人の同人に装幀の三嶋典東をくわえて、家族同伴で伊良湖岬へ一泊の旅をしたときのもので、同時に東海地方に住む詩人たちと交流する目的もあった。いっしょに合宿することになった角谷道仁、永島卓たちとの団欒の過程で、話題が、「白鯨」の存在理由そのものへとすすんだとき、成り行きに興味をもった米村敏人が、まったくの自分の自由意志でテープに収めたものであった。のち、これも単独意志でテープ起こしをし、当事者には回覧配布、手入れなどを求めた結果の原稿を、このとき、テープに登場しなかった藤井貞和、清水昶、鈴村和成に送付、出来れば紙上参加を訴えた。それに応じて独自に書かれたのが先の藤井の通信で、韜晦とも暗鬱ともいえる部分は、ここから引き継いだことになる。ついでながら、その後も私たちはたびたび旅をし、そのつど現地の詩人たちとまみれながら夜っぴて語り、時には誰かがその場で眠りこけてしまうこともよくあった。しかし、このときは、静かに聞き役にまわっていたのだったろう。つぎはその冒頭部である。

角谷　〈白鯨〉を読んでみて、まず六人の共同性みたいなものが書かれているんだけど、読者として何か疎外されているんだ。一対一の関係がつねに六人ででてくるという……今の情況ではどうしようもないことかもしれないいんだけど。それとも六人じゃなくて一人でやって行って……そういうことがよくわからない。質問になっているのかどうかよくわからないけど。

三嶋　ぼくは装幀を引受けるときから原稿製作するときに、そして〈本〉が出来上がった今もよくわからないのだけど、〈白鯨〉が装幀者にまで問題提起してきてしまう鋭い可能性を自分なりに追ってみようと、装幀をすすめてみたんだけど……。今までのグラフィックデザインの仕事の場合には眠らざるをえない問題を自分で無理矢理起こしてしまうような気もするけれど……。

…………

佐々木　角谷さんのばあい、雑誌をパッと開いて、読者として一人である〈おれ〉がなぜ六名とつき合わねばならないかというところにあると思うんだ。

三嶋　みんなそうなんだ。きっと。ぼくもやっぱり……。

角谷　一対多というその裂け目みたいなもの。

三嶋　それが六人のあいだでもまだわだかまりとしてあるのが、装幀の打ち合わせのときのいちばん強い印象として残っている。

角谷道仁や三嶋典東の発言が、私たちが一年近く費やして要約してきたはずの「白鯨」的なものの、なお自閉的なエゴイスティックなものを突いているのがよくわかる。このあと佐々木幹郎は「〈白鯨〉は六人が六人とも同人になったことを〈提言〉のなかで弁解している。こんなイヤラシイ雑誌はない、といういい方も出来るんだ」という中江俊夫の批評も紹介している。角谷道仁のばあいにはこのあとの、「〈あんかるわ〉と〈白鯨〉の差みたいなもの、それは何かというと、北川さんのばあいは個人誌として、表現の責任の所在をはっきりしている。しかし〈白鯨〉のばあいはその責任が量的なものに還元されればぼかされてしまう、というような曖昧さみたいなものが信用できないというような感じなんです」という発言を足せば、ここでは一応十分だろう。

ここでやはり〈同人〉であることが問われねばなるまい。今になって思い返してみると「白鯨」の面白さは、なぜこんなふうにと歎きたくなるほどのきわだった個性（といって自画自讃しているのではない）が、ともあれ一列に並んだことにあった。しかも、それは、偶然のつみ重ねによった。そこから生じた同人であることと個の誤差――私たちが異人と名づけたもの。たしかカミュがどこかでつかっていた言葉を思い出せないまま援用すれば、仮定的孤独といったところが、時代と向き合ったときの、私たちの誌の性格をいちばん言いあてている気もする。そのうえであとの時間をもう少し追っておこう。

すでにのべたことだが、同人以外の寄稿依頼は各自の自由意志の状態で二号から実施され、最後の六号まで持続された。結果、清水哲男、丹野文夫、正津勉、倉田良成、坪内稔典、伊藤章雄、荒川洋治、村瀬学、大野新、滝本明、真崎清博、粕谷栄市、鈴木麻理、田村雅之といった人びとの作品やエッセイが彩りを添えた。同時に「白鯨通信」は二号でいったん停止、以後は半年に一回発行のゆっくりした発行ペースで進行していった。第三号になって、創刊時に直接購読を申し込んでくれた読者のはじめての予約切れなど、そのつど危ぶむシーンもみられたが、逆に四号からはタイプ印刷を活版印刷に切り換え、印刷費、郵送料、紙代など諸般の値上がり（三号発行直前の一九七三年秋にはオイル・ショックが起き、物価は高騰し、以後バブル経済ははじけとんだ）にともなう苛酷な条件のなかで、定価の現状維持をくずさないで踏ん張っている。皮肉なことに、もっとも案じられた財政をふくむ技術的困難の問題は、結局はカバーされたのだった。

四号（七四年六月刊）の事務局メモに、昨年からこの年にかけての「白鯨」メンバーの出版された本、出版予定の本が紹介されている。佐々木幹郎詩集『水中火災』（国文社）、鈴村和成詩集『青い睡り』（永井出版企画）、清水昶詩集『野の舟』（河出書房）、米村敏人詩論集『わが村史』（国文社）、藤井貞和評論集『釋迢空』（国文社）、倉橋健一評論集『未了性としての人間』（椎の実書房）。

評論集が三冊入っているが、興味深いのは三冊が三冊共、「白鯨」に掲載した原稿を本のベースに据えていることである。藤井貞和の『釋迢空◆詩の発生と〈折口学〉——私領域からの接近』は、第一章「自然と鎮魂のフォークロア」の前半が、「白鯨」一、二号に書かれたもの。ここでは、その書き出しを紹介しておくとよいだろう。「五月雨に打たれて」という小タイトルがついている。

かれが五月二十七日のあさはやく、東京・小日向のY寮舎を、一片のはしりがきすらのこさずに、だれにも見られずに出てから、ふためぐり、冬のような春がめぐって、いま、この、残酷な三度めの五月をむかえている。

かれとは、ここでは藤井貞和のいとこにあたる二十二歳の國学院大学の学生。その彼が二年前の五月二十七日、二月を最後に日記や金銭出納帖を空白にしたまま、寮舎を出て失踪者になった。その彼のひとりぼっちを感ずる孤独感を表現とみることから、藤井は迢空の語る古語の世界にたいする考察へと関心を深めていく。そこを「白鯨」に書きとめたこと自体、藤井の「白鯨」観に通じるとも思うが、ここではそこにいたる、もうひとつのきっかけについてものべておこう。

この小冊子（筆者注・この本のこと）は折口信夫論という意味ではほとんど何も語っていない。〈折口学〉にかかわる全ての〝私《わたくし》〟が、そこの反・近代批評のようなものを不意に確信してゆく動きばかりが書かれています。清水昶氏が、自分は私《わたくし》的なところに固執して批評してゆく、と、話していたのを聞いて、印象深く思った。不可解さとしての私《わたくし》が危殆に瀕している老近代というものを見つめたい。

こんなところに清水昶が出て来たからといって、「白鯨」と結びつけてしまうのは、あるいは少々乱暴かも知れない。また、清水昶のいう、私的なところに固執して批評していくということ自体、そのこと自体を「白鯨」的であったとすれば、何でもないからでもある。と、思う一方で、私は同じ「白鯨」に、現代詩文庫の『石原吉郎詩集』に書いた詩人論をさらに引き継ぐかたちで書きはじめた、石原吉郎論のことを思わずには居られない。「苦悩への勇気」と題したこの「白鯨」創刊号の石原吉郎ノートでも、清水昶は、石原吉郎が一九七一年末、同志社大学大学祭に招かれてある学生の質問に答えて「日常生活をていねいに生きよ」といった、それと同席してそばで聞いた、私的経験から語りはじめている。そしてこういった。

「日常生活をていねいに生きよ」という意味をわたしは今日における名前の復権であり、名前を支える単独な主格の復権であると解した。石原吉郎のほとんどの詩とエッセイに見られる主題は、自分に関することのみをひたすら語ることによって成立しているし、自分の名前の輪郭を徹底してきわめつくそうとする果てにあらわれてくる言葉は、他者との一線を画然と区切って明晰な主格を浮きたたせ、読む者につよい感動を残していく。

知られるとおり、石原吉郎は四十四歳の一九五九年、滋賀県から出ていた、当時「詩学」の投稿者を中心にした同人誌「鬼」に参加したことにより、大野新らと深く交わり、その影響もあって、京都で大学生活を送った清水昶はいち早く石原吉郎への関心を深めた。その石原吉郎は一九四五年敗戦の冬、北満州でソ連軍に抑留され、旧関東軍の情報部員であったことから反ソ行為の政治犯として起訴され、重労働二十五年の判決を受け、シベリアで囚人生活をし、スターリン死去による特赦で一九五三年帰国した。この圧倒的な特異な体験は、日本で表現活動を開始するにあたって、逐一自分自身で語っていくしか仕方のないものでもあった。清水昶のいう、自分に関することのみをひたすら語るという行為は、その点では石原吉郎にとっては宿命的なものの、余儀なくさせられたものであったといいうる。しかしそこが若い清水昶にとっては、情況のなかで毅然と私を浮かびあがらせるものとして、一種の「普遍化された私」の具体像として映ったのであろう。ここで清水昶の発言の力点を探るとすれば、これはもう、「日常生活をていねいに生きよ」ということを、「名前を支える単独な主格の復権」とまで昇格させて解したその跳躍にある。こんなとき、私に思われることは、「子供が死んだといふ歴史上の一事件の掛替への無さを、母親に保証するものは、彼女の悲しみの他はあるまい」と、小林秀雄が『ドストエフスキイの生活』の序でのべた一行である。おそらく石原吉郎にとっても、日常生活をていねいに生きよとは、自分の生活の一こま一こまの掛替えのなさを十分に自覚せよということだったろう。

「白鯨」の事務局メモには記されなかったが、清水昶の『石原吉郎』も七五年一月には出た。そのあとがきによると、最初のノートは一九六八年同人誌「首」十三号とあり（これが現代詩文庫『石原吉郎詩集』の詩人論になった）、「白鯨」に先立って、すでに構想が立てられていたことをうかがわせる。このときには詩集『サンチョ・パンサの帰郷』と詩誌「ノッポとチビ」に発表された石原吉郎ノートがあるのみだったというのもそのとおりだったろう。

興味深いのはしかしこの清水昶の『石原吉郎』をひとつの嚆矢として、石原吉郎ほど読み手の、自由の立場から、（言葉をかえれば自分の情況への換骨奪胎として）、読まれかつ論じられた詩人は他に類例を見ないだろうということである。そのために、石原吉郎自身、エッセイでルポルタージュタッチで丹念にラーゲリの体験を語り、思索源を語り、そこと曳き合うかたちで詩を書いた。それが読み手の側からは、みずからの思索のための、（清水昶のいう）「動く標的」になったのである。

「白鯨」とは何か・続

石原吉郎と清水昶の関係については、実際には一九六九年秋に出した詩集『少年』には、「低迷への自恃」と題した石原吉郎の跋文がつけられており、清水昶のうちにあっても、石原吉郎との直接の出会いももっと早く学生時代に遡り、「白鯨」より早い。だが、そこまでは「ノッポとチビ」あるいは大野新を経由してとみておいていいだろう。

事実、石原吉郎自身、堰を切ったようにシベリアのラーゲリ体験を基層にしたエッセイを書き出したのは、「ある「共生」の経験から」を皮切りに、六九年春から七〇年にかけてだった。その衝撃の深さについては、今でも瑞々しいかたちで私のなかに残っている。この最初のエッセイで展開された、食べるという、ごく生理的日常的な行為を語りながら、そこを分析的に丹念に重層化させることで、人間の存在の極限に降りてゆくという語り方こそは、私のこれまでの貧しい読書歴では、ほとんど経験してこなかったものといってよかったし、それだけで、もう十分なおどろきだった。ところが、ここではそれにとどまらず、ソビエトの強制収容所の聞いたことのなかった囚人の生活体験が、客観的に（観察者の眼差しで）赤裸々に語られていた。食事に際して、その食器を最大限に活用するために、二人分を一つの食器（旧日本軍の飯盒）に入れて渡される。それをいかにして二人が公平に食べるかが、生きるための条件となる。そこを自然界の共生——二つの生物がたがいに密着して生活することで生存を分け合うこと——といういとなみに擬するところから、石原吉郎は口火を切った。それにしても、原体験を核《コア》に詩を書くために、原体験そのものを語ることからはじめなければならないとは、なんとまあまどろっこしい手順を必要としたのだろう。石原吉郎とはそんな詩人であった。「抽象度の高い石原吉郎の作品を人は、どのようにも自分にひきつけて読める。しかし彼のエッセイが、わたしたちに教えてくれることは、いかに根深くシベリア体験が作品に反映されているかということであり、わたしは年に一、二度、石原吉郎論をぽつんぽつんと書き継ぎながら、そのことを驚くべき発見でもしたかのように知るようになった」とは、清水昶が『石原吉郎』のあとがきに書きつけた一節だが、そこでは「白鯨」以後にまたがる、みずからの石原吉郎体験の転移が、はからずも語られているといってよい。

　つまり、石原吉郎の作品は、その高い抽象度ゆえに、読み手は自由に自分にひきつけて（自分の経験に置き換えて）読むことができたのが、その背後関係（思索を生む場処）があらわになるにしたがって、逆にその自由が拒まれるという経験に逢着したというのである。その拒まれのあとのあたらしい接近ないしは途惑いのくくりになったのが、「白鯨」五号に書いた「内部への告発」だった。そこを彼はこう書きはじめる。

> わたしが石原吉郎の作品に新鮮な衝撃を受けてから既に十年以上の年月が経っている。そして、ふりかえって考えてみると、その長い期間、わたしは終始、石原吉郎の詩と思想について思いめぐらせていたといっても過言でもないような気がする。この自分でも異常と思える石原吉郎の作品に対する惚れ込み方の正体が、最初は上手に説明できなかった。いまでも充分に説明できるとはいえないが、石原氏との間の、ある種の距離のとり方を心得てから、わたしの石原吉郎論は、その輪郭を次第に明晰にしはじめたようである。

距離のとり方を心得るのは、ここでは石原吉郎の原体験をも喩的に置き換えるということであろう。表現に置き換えるといってしまったほうがよいかもしれない。なんのことはない、作品なら自分に引きつけて読めるといったように、石原吉郎のなかの事件についても、自分に引きつけてしまうことである。清水昶の「白鯨」とは、この石原吉郎をめぐるじぐざぐにあったといってもよい。ここでひかれている石原吉郎の詩の一篇も掲げておいたほうがよいかも知れない。

まちがいのような

道のりの果てで
霰はひとに会った
ひとに会ったと
霰は言った
(ひとに会うには
道のりが要る)
会わなければ　もう
霰ではなかったろう
霰は不意にやさしくなり
寄りそってしずかな
柱となった
忘れて行くだけの
道のりの果てで
霰はひとに
道のりをゆずったが
おのれのうしろ姿が
見えない悲しみに

背なかばかりの
そのひとを
泣きながら打ちつづけた

『いちまいの上衣のうた』という六七年刊の第二詩集に収められている「霰」という作品だが、この独特な断言のリズムをともなった喩法の詩は、文字どおり一篇の詩として提示されているかぎりは、どのようにも自分にひきつけて読むしかない。しかし、そのあとで、詩作の背後関係が語られてくると、どうしてもそこに通じる、ぎりぎりの理解したい心情も湧き起こってくるのも当然だ。表現論としてどうかというのではない。まして体験の落差や体験は不要だといってしまうのは論外だ。ここではむしろ石原吉郎が俳句について語った、つぎのような数行を思い起こしておいたほうがよいようである。

誤解を避けずにいうなら、俳句は結局は「かたわな」舌足らずの詩である。ということは、完全性に対する止みがたい希求と情熱が、俳句を成立たせる理由と条件になっており、その発想法の根拠となっていることを意味する。(……)それがかたわであるままで、間髪も容れずもっとも完全であろうと決意するとき、句作はこの世界のもっとも情熱的ないとなみの一つとなる。

(「定型についての覚書」)

つまり俳句はひとつの切口でしかなく、それによって想像の自由、物語への期待をあたえるのだと、いっているのである。石原吉郎にとっては体験を直接語ることも、つまりはそのようなものだったのではあるまいか。その切断力によって、そこで語られている場面をも、あらゆる限定から解放されるべきものだったのではあるまいか。その点で、少なくとも清水昶は、「白鯨」の時点で、いち早くそこに気づいたか気づかされたかしていたのはたしかだった。「白鯨」は最終的にたった六冊しか出さなかったが、もっともねばりづよくひとつのテーマに執着したのが、意外にこの清水昶だったことは不思議ではない。

石原吉郎によく似たケースで、その先行形態ともかんがえられる詩人に黒田喜夫がいる。というと唐突に思われる方がいるかもしれないが、黒田喜夫が六四年に発表した「死にいたる飢餓——あんにゃ考」で示した飢餓論もまた、石原吉郎のラーゲリ体験に勝るとも劣らぬ、語ることによってはじめて知らされたかたちの原体験に属するからである。ただ石原吉郎とちがって黒田喜夫は、すでに戦後詩を代表する詩人のひとりであり、「白鯨」を待つまでもなく多くの詩人論をもった点では、石原吉郎とは大きく異なった。ただ今日では語られることが比較的稀になっているので、ここでは北川透の「黒田喜夫への手紙——詩と反詩の基底において」から来歴を語った部分を引いておく。

あなたは東北、山形の寒村で生まれ育ちながら、幼時から少年期におけるあなたの家は農民ですらなく、それ以下の貧乏人の子供、よそ者として侮蔑排斥されたようです。そして十五歳の時、つまり小学校卒業と同時に、五年年季で、年季明けの時は、《金弐百円を給し、見苦しからざる服装即ち背広服一着を着用せしめて帰郷させる》という奉公人証文をもらい、東京・品川の工場に徒弟機械工として、今度は存在そのものが〈村〉から放逐されることになります。そして、戦後は再び山形県の寒河江町の故郷に帰り、そこで共産党の農民運動に従事し、部落に農民組合を組織する、しかし方針上の誤りは深く、農民組織は次々と崩壊してゆき、それにおり重なるようにあなたの肉体もまた病魔に冒されてゆきます。

ここからスターリニズム化した共産党からの除名、その過程をとおした内面化へとすすむのだが、ここでは省く。が、ここから黒田喜夫の詩意識が展開されるようになり、詩を書くことによって逆にモティフ化されていったのが、あんにゃとよばれる、村に居ながら自分の耕作する土地をもつこともなく、生涯他家に隷属奉公するしかない最下層の民衆を主にして語った、詩論としての飢餓論になった。

ただのホイトタカリ（乞食野郎）だべ、とひとびとはいう。あるいはただのイガンタカリのムズコイ野郎（因果にたたられた可哀想な奴）だべ、ともいう。だが、それからおもむろに決定的な言葉が深い穴から立ちのぼってくるのだ。――あいつは、ガスタカリ野郎なんだ！　すなわち、ガスタカリとは、餓死タカリであり、飢餓病にかかった奴という意味である。彼は単に貧乏人であるのではない、ただ飢えた人間なのではない、彼は不治の飢餓病にとり憑かれた男だというのだ。

とはこの飢餓論の一節だが、このようなひたすらに内面化を目指した情動性をともなった、この種の思想的文章も、最近ではめったにみられなくなってしまった。そして、この黒田喜夫の〈村〉と二重映しにするかたちで、みずからの内なる〈あんにゃ〉体験を「白鯨」で展開したのが、敗戦の一九四五年に生まれた、黒田喜夫より十八歳下の米村敏人だった。この米村敏人は、私がこれまで語ってきた「青素」「犯罪」にも登場し、一貫して黒田喜夫論を書き続けていた。

天皇の像を抱いたまま、桂川を隔てた文字通りの〈彼岸〉に自ら行き着いた老婆の像を、私は未だ脱けきれない。その時、老婆の死は人間の類と個の世界の不可避の形、共同幻想に組込まれてゆく個体の痛切な実存の様相と、なお未明のままである人間と自然との関係、収奪され疎外されて在る自然の奪回、等々について私（たち）に一つの暗示を与えていると想える。そしてそれらの暗示は今考える限りでは、つかみどころのない暗黙の了解といったものにすりかわっており、その了解は今しばらく拒否しなければならないそのものである。

「白鯨」創刊号に発表した「わが村史Ⅲ――あるいは黒田喜夫論」を彼もまたみずから見聞きした体験を語ることから説きはじめる。舞台になっている吉祥院村は米村敏人が少年期の十数年を過ごした京都の村、古い村落共同体を引き継ぐ京都でも有数の保守的な村である。

米村敏人は清水昶と同じ「首」同人を経て「白鯨」のメンバーになったが、「現代詩手帖」の新人欄の熱心な投稿者だったこともよく似ていた。ただ今度この文を書くにあたってちょっと調べてみたら、一九六六年の選考委員は黒田喜夫、堀川正美、寺山修司の三人になっており、この年米村敏人はこの欄を賑わせたひとりでありながら、新人賞は該当者なしで終わっている。しかし、この期間をとおして、米村敏人が黒田喜夫のうちに、抜き差しならないみずからの影を見ていたことはまちがいない。そのうえで、同人がそれぞれにもった対象性をめぐって、もっとも至近戦に近いタイプのエッセイを書いたのが米村敏人だった。彼は容赦なく、幼ない頃からの生活に潜む修羅場を晒け出した。その分私評論ともいうべきアクセントもつよかったが、それだけつよい衡迫力ももった。すでにのべたとおり、「白鯨」の過程で『わが村史』は一冊となり、結果的に三号以後に書かれた分については単行本未収録になったままになっているようだが、近年はどうしているか。のち七〇年代から八〇年代にかけて、京都の白地社が出していた「而して」に『歌と身体』という短歌論を連載、そのまま単行本にしているが、同人中ではゆいいつその後の消息を絶った。作品を一篇掲げておこう。二号にのせた「花刑」である。

異族のしわに刻まれた
貌をあげ
くらい納屋で夢を食う婦は
ひとり歯を刻み
髪を干し
揺れる鏡に喉を吐き
義眼のまま
花を煮ている
故郷熊本!
鶏の脚の肉をそぎとる異族
生卵をごくりと呑み込む異族
私の端正な鼻は
その異族の残り火だ
花を植え
花を剪る一族の末裔に育ち

ゆうぐれに花汁を垂らす
朧の一族
眼底糜爛
花びらに包まれた父
そのドライアイスから
垂直に意志を攻めきるいま
手をのばす距離をつめ
眼底ポリープに
不乱の酸素を吸入し
花の夢を見ている

逆に「伊東静雄試論」でスタートしながら、批評活動を途中から杜絶させたのが、鈴村和成だった。二号の「同質と異質と㈡」には「同人へのてがみ」というサブタイトルがついているが、その最後の二行が謎に満ちている。「他の多くの生活。わたしは暫くこの一行のまへにたちどまりたい」

かくて「白鯨」は一九七五年十一月二十五日の日付をもつ六号でもって、長い冬眠に入った。この号から発行所を佐々木幹郎宅に移しており、「白鯨舎からのメモ」も次号を眺望しており、停止の構えはくずしていない。そのかぎり、今も長い冬眠といっておくほうがよいようだ。

最後に私にとって印象深い二つのことについて書いておきたい。ひとつは佐々木幹郎が四号に載せた「彼女の火曜日の不在をめぐる物語」のこと。全体22のパートから構成されているが、「付記」があり、そこで方法上のモティフが明らかにされている。

この〈映画作品のための断片的メモ〉は、実際にカメラが回転をはじめるまでの、どこにどのような視線を現実の光景に投げかければよいのか決定することのできぬ期間に書かれている。そして、いざカメラが回転しだせば、これらの〈物語〉の全てが変容し、あるいは消えはじめる運命にあることを認めたうえで、なお言語による、映画行為へ向かっての触手の伸ばし方を確認するためにのみ、書かれたと言ってもよい。つまり、ここに書かれた〈物語〉をカメラはなぞったり再現したりはしないのだ。だから当然、この〈物語〉をシナリオと名付けることはできないだろう。たとえ、現実の〈彼女〉をカメラが捉える際のてがかりになるとしても、である。

これ以上に語ることはいるまいが、このシナリオ風の物語を基層にしたオムニバス映画『眠れ蜜』は平田豪成製作、岩佐寿彌監督、佐々木幹郎脚本、田村正毅撮影によって一九七六年完成、中原中也と小林秀雄のあいだで揺れた元大部屋女優長谷川泰子の出演によっても話題をまいた。未刊行の「白鯨」七号のひとつといってよいだろう。

今ひとつは同じく四号の藤井貞和「主題小考――近代と詩と」から「戦争と現代」の一節。

権力機構の完成した形態としての近代国家と、名も無い想像力とのあいだ。

前者の強大さ、その権力が発揮されるとき民衆の一人一人を下手人として残虐のかぎりをつくし、さらに下手人である民衆一人一人を消耗することによって一段落するという、戦争が露出する。

そのような戦争の近代をまえにして、民衆の想像力が無にひとしいものであることは、今次大戦下、明瞭になったのである。

それにもかかわらず想像力は、幻想の拠点でありつづけている。無にひとしいあわれをきわめた状況を手がかりにして、這いつづける地面獣のように拡がることを必要とする。

『湾岸戦争論』から『言葉と戦争』にいたる戦争詩論のとば口はここにある。「白鯨」に倦むことはなかったといってよい。

あとがき

「白鯨」がなくなったあと、メンバーは何ごともなかったかのように、それぞれの場へそれぞれの沈黙をかかえ込んだまま帰っていった（といっていいだろう）。その後長いあいだ、ことさらに「白鯨」を口にすることもなかった。といって特別口にしてはいけない理由があったわけでもなかった。

本文のなかでもふれているが、一九九五年秋、藤井貞和さんの『物語の結婚』がちくま学芸文庫の一冊になったとき、その解説のなかで山口哲士さんが、「それぞれ対的な他者を設定して、ある客観化（感性の知性化、知性の感性化）をすすめていく」と「白鯨」について書かれたのを見て、おどろきかつ胸の痞えがおりたようにほっとした。「白鯨」を発行しているあいだ、これにかかわったメンバーは、いつもどこか、まだ足りぬまだ足りぬという一種のもどかしさに憑かれていたはずだった。たしかにもどかしさをたぐり寄せる要素は内側にも時代の側にもあった。ここではもうくり返さないが、私自身「在日」に関する文章を一応書き了えたあと、「世阿弥ノート」を構想していったのも、このもどかしさやり切れなさを、何とか私なりに解きあかしてみたいと思ったからであった。

と、書きつけながらここにきてまたしても思われるのは、本文中でも「同人中でもゆいいつその後の消息を絶った」と書いた米村敏人である。正確には『歌と身体』という評論集を一九八八年に出しているから、消息を絶ったということではない。日常的な交流を絶ったということである。だが「白鯨」掲載の論考が清水昶は『石原吉郎』で、藤井貞和が『釋迢空』で、佐々木幹郎が『溶ける破片』というふうに単行本に収録されているのをみると、米村敏人のばあいには「白鯨」三号の「わが村史(V)」以降はそのまま未収録になっており、どこか宙吊りに似たもどかしさを連続させているものに思えてならない。というのも、『歌と身体』ではみずからの詩作過程を遡行し、少年時の作歌体験の反芻から、内なる身体を流れる時間へと関心をすすませているからである。そこでは身体の内外の記憶のなかの言語（日本語）も問われることになり、あらためて口語自由詩を選んだことに対する口語自由詩としての言語への問いかけもふくむことになる。米村敏人は「白鯨」の過程で未刊の「白鯨」七号以降への期待として、すでに構想していたものであったろうか。とすれば米村敏人のとった消息を絶った位置も面白い。まぎれもなく「白鯨」の地続きにあるといってよいだろう。

この本は第一部にあたる「詩的60年代ノート」が一九九六年から二年間「現代詩手帖」に連載され、第二部の「「犯罪」から「白鯨」へ」は二〇〇九年一月号から七月号にかけて続けて掲載された。この間髙木真史さんにはほんとうにお世話になった。心からお礼申しあげたい。同時にこの本に装画を寄せてくれた新井九紀子さんは本文で登場する新井清の夫人である。彼の死後教員生活を続けながら書家となり、今秋にも東京個展が予定されているという。新井の死後直接会うこともなくここまで来たが、それだけにひとしおうれしい。
そして今、このあとがきを書きながら、あらためて詩とは何かとかんがえている。六〇年反安保騒擾も大学闘争も詩が発火点であったと書いたが、今でもそう思っている。もともとそうあるべきではないかと思いながら、私自身詩が滅びようと滅びまいと、詩の人でありたいと思っている。

二〇一〇年牧月《プレリアル》
倉橋健一

倉橋健一　くらはし・けんいち

一九三四年、京都市生まれ。六〇年、「山河」同人。以後大阪に留まって表現活動を続ける。七〇年、「犯罪」を編集。七二年、「白鯨」創刊同人。詩集に『倉橋健一詩集』『凶絵日』『寒い朝』『暗いエリナ』『藻の未来』『異刻抄』『化身』、詩写真集に『栄光の残像』など。評論・エッセイ集に『未了性としての人間』『塵埃と埋火』『世阿弥の夢――美の自立の条件』『辻潤への愛――小島キヨの生涯』『抒情の深層――宮澤賢治と中原中也』『工匠――31人のマエストロ』『70年代の金時鐘論』（松原新一との共著）など。

人名索引

か

き

く

ち

つ

て

と

な

詩《し》が円熟《えんじゅく》するとき——詩的《してき》60年代環流《ねんだいかんりゅう》

著者
倉橋健一《くらはしけんいち》
発行者
小田久郎
発行所
株式会社 思潮社
〒一六二—〇八四二 東京都新宿区市谷砂土原町三—十五
電話〇三（三二六七）八一五三（営業）・八一四一（編集）
FAX〇三（三二六七）八一四二
印刷所
創栄図書印刷株式会社
製本所
小高製本工業株式会社
発行日
二〇一〇年九月一日